スフィンクスか、
ロボットか

レーナ・クルーン

訳＝末延弘子

はじめて出逢う
世界のおはなし

目次

スフィンクスか、ロボットか

明かりのもとで

装画　中村幸子
装幀　塙　浩孝

スフィンクスか、ロボットか

Sfinksi vai robotti

わるいスープ

Paha keitto

「リディア！　この記事は読んだかい？」

父親から見せられた朝刊の記事は一面にあった。たいていは広告しか載っていないページだ。

「それ、なあに？」

「公衆衛生局からのお知らせだよ。読んでごらん」

最近、あるケースが発生しているため、スープ、おかゆ、飲みもの、とくに熱いものを取り扱う際は、用心してください。冷まそうとしてスプーンで思いきり一方向に長時間かき混ぜることは、お勧めしません。もっとも安全な方法は、自然に冷ますことです。ごく稀にではありますが、かき混ぜることで乱流現象からいわゆる特異点が発生することがあります。

料理をするときも注意してください。たとえば生地をかき混ぜる方向に気持ちが吸いこまれそうになったら、ただちにはねのけて、視線を逸らしてください。乱流を見続けるのはあまりに危険です。十分に気をつけていないと、最悪の場合、このような「つむじ」に飲みこまれかねません。現時点では、特異点に消えた人たちを探しだす手だてはありません。

　家で炊事をする方、飲食店にお勤めの方、十分にお気をつけください！


「これって、どういうこと？」

「重要なお知らせだよ。ここ最近、ある事故が多発していてね、本当に痛ましい事件なんだ。カウコおじさんのケースがそうだよ」

「カウコおじさんになにがあったの？」

「あれ？　知らなかったのかい？　去年の夏だったかな、奥さんがよそってくれた熱々のキャベツスープを、おじさんが食べようとしていたときだった。お腹が空いていたカウコおじさんは、早く冷めるようにスプーンで勢いよくかき混ぜたんだ」

「でも、みんなそうするわ」

「そうだね。でも、みんながみんなカウコおじさんみたいになるわけじゃない」

「カウコおじさんになにがあったの？」リディアがもういちど聞いた。

「おじさんの驚いた声に奥さんが振り向くと、スープ皿に渦ができていた。洗面所の栓を抜いてできる渦とすこし似ているかな。カウコおじさんがかき混ぜるのを止めても、渦は消えなかった。それどころか、スープはだんだん大きく膨らんで、荒れ狂う海みたいに飛沫をあげると、一瞬のうちにスープ皿から溢れ出た」

「うっわぁ！」

「スープはどんどん膨らんで、スプーンがカウコおじさんの手から落ちた。みるみるうちに吸いこまれてゆくおじさんを助けようと奥さんは手をのばしたけれど、なすすべもなく、おじさんは頭から飲みこまれた。地獄のスープのようだった、というのが奥さんの話だ」

「ひゃあ、怖い」

「奥さんがおじさんのサスペンダーをつかんだ瞬間、自分もぞくぞくするような吸引力を感じたらしい。スープからものすごく巨大な掃除機が二人に向けられているみたいで、おじさんが奥さんを思いきり遠くに蹴とばさなかったら、奥さんも飲みこまれていたかもしれない。おじさんが蹴ってくれたおかげで命拾いしたそうだ」

「わるいスープ！　カウコおじさんはどうなっちゃったの？」

「消えちゃったよ。スープの大渦巻きに沈んでしまった。事態が落ち着くまでそう時間はかからなかった。すこしばかり蒸気が立ってはいたが、波のうねりは収まって、テーブルの上にはいつものスープ皿が残っていた。でも、それ以来、おじさんを見た人はいない」

「なんで、そんなことが起こるの？」

「うーん。おそらく、スープの熱い塊が、かき混ぜられることで、ある種の乱流現象を引き起こすんじゃないかな。ほら、公衆衛生局の知らせにもあっただろう。めったに見られない現象なんだが、たまに起こるんだ。起こりえなくはないもの、それは遅かれ早かれ起こるんだよ。でも、起こりえないものもときどき起こるけどね」

「やっぱり、よくわからないわ」

「宇宙の時間は、そこから歪んで密になってゆく。そのとき、いわゆる特異点と呼ばれるものが発生し、強力な磁場を引き起こす。そして特異点まで行き着くと、すべてが予知できないものになる。そこでは自然の法則はもう効かないんだよ。カウコおじさんがお皿のほうへ屈みこんだとき、ある決まった事象の地平線を越えてしまったんだね。そうなってしまっては、もう止められない。だれもカウコおじさんを助けることなんてできなかったんだ。必死になってかき混ぜることで、おじさんは軽率にも自分で事故を引き起こしてしまった」

「おじさんは戻ってくるの？」

「可能性は、ある。絶対にとは言いきれないが」

「おじさんは今、別の宇宙にいるわけ？」

「ひょっとしたらね」

「でも、あっちでも食べていかないといけないわけだから、おじさんがまたスープをぐるぐるかき混ぜれば、新たに特異点を生み出すかもしれないわ。そしたらこっちに戻ってくることができるかも」リディアは考えこんだ。

「最善を願おう」

「ということは、わたしたちもカウコおじさんみたいに消えてしまうの？　スープとかおかゆとかお茶をかき混ぜすぎたら、わたしたちも同じ目にあっちゃうの？」

「一人に起こることは、だれにでも起こりうる。それに、ぼくらは全員スープからやって来たわけだしね。巨大な原始のスープが沸々とわき立つカオスからやってきて、結局、いつかはそこに沈むんだよ。カウコおじさんに起こったように起こるとはかぎらないが、いつかは起こる。ぼくらみんなにね」

「それって、いつ起こるの？」

「それはだれにもわからない、明日、もしくは一千億年後かもしれない」

「そうなんだ」リディアはふっと息をついて、ココアを飲みほした。

夜の番

Yōnoro

　リディアは飛ぶことができる。いくつもの名もない町、風にさらされた麦畑、それから嵐でしけた大洋の上を飛ぶ。ちらりと振り返ったときに、だれかに跡をつけられていることに気がついた。

「ねえ、あのさ」追いついてきただれかがリディアに話しかけた。

「なによ？」

「きみは今、夢を見ているんだ」

「それは違うわ。そんなことありえない。だって、わたしは飛んでいるのよ。ほらね。飛んでいたら眠る暇なんてないし、眠っていたら落っこっちゃうわ」

「逆だよ」

「どういうこと？　なにが逆なの？」

「夢を見ないで飛ぼうとすると、きみは落ちる。いいかい、きみが飛ぶとき、きみは起きていない。もし起きているなら、きみは飛んでいない。これがルールさ」

二人がツバメの群れを抜けるのと同時に、リディアはおぼろげになにかを思い出しそうになった。かといって思い出したいわけでもなかった。

これを飲みなさい、と囁く声がした。気づくとそれは父親だった。飲み終えたリディアは羽毛布団を耳まですっぽりかぶって、こんこんと眠り続けた。リディアは夢から夢へすべるように行き来していた。父親はどうすることもできず、医者も手のほどこしようがなかった。

そういった状態がこの秋ずっと続いた。登校中も、授業中も、下校中も、夕飯時も、勉強中も、リディアは眠っていた。ただ、ひたすら眠っていたいだけだった。夜がこのままずっと続いてくれたらと願うのに、闇はいつもぷつりと途切れてしまう。夜が明けて光が生まれると、夢が消えた。朝は悪だ。毛布を引きはがされ、むりやり起こされて着替えさせられるうえに、母親の死を思い出させるからだ。

父親が夢の中から話しかけた。

「このままずっと眠り続けるつもりかい？　それこそ、もったいないよ。学校に通って、大きくなって、みんなと同じようにこっちでいろいろなことをするんだ。それは、眠りながらできないよ。さあ、元気になっておくれ」

「元気よ！　わたし、いつだっていろんなことをやってるわ。今だってこうやって飛んでいるのに、わからないの？」リディアはつぶやいたつもりだった。

リディアが上空を飛んでいると、だれかがそばにやってきた。

「眠っているって言ったのは、あなただったかしら？」

「そうさ。きみは眠ってるよ。ぼくは起きているけどね」

「でも、あなたの話だと、飛んでいたら眠っているのよね」

「それはきみの場合だよ。ぼくは違う。眠っていなくても、ぼくは飛べるんだ」

「なんだかずるい。あなたは起きていて、わたしは眠っているなんて。だとしたらどうしてわたしたちは話ができるの？」

「簡単さ。話す方法がそれ以外にないってことだよ。つまり、きみは眠っていて、ぼくが起きているときじゃないと話せないんだ」

二人は明かりが灯る町を見下ろした。

「よくわかんないわ」

「きみが起きているときは、ぼくが眠っているときだ」

（やっぱりわかんない）リディアはそう思ったけれど気にしなかった。

リディアは目をつむり、青い顔して昼も夜もこんこんと眠り続けた。心配で付き添っている父親には、そう見えた。リディアにしてみれば、自分はそこではなく別のところにいるのだ。どちらが本当のリディアなのだろう？　あるいはどちらとも本当なのだろうか？

きっとリディアは二人いるのだ。片方は夢の世界で夢の日差しを受けて満足げに飛び回っている。軽やかに滑空し、紙ひこうきのように緑の芝の上空をすーっと飛んでゆく。どこにいてもこんなふうに軽やかに空を飛べるなんて！　深く青い水や町の明かりを見下ろして、金星が煌めく月明かりの中を飛ぶ。なんて楽しいのだろう！

リディアは、自分が夢を見ているなんて、ちっとも知らなかった。もし知っていたなら、とっくに目を覚ましていただろう。別世界ではこんなにぴんぴんして元気に冒険しているのに、現実の小さな体はぴくりともせず日に日に弱っていった。

ふいにだれかがこう言った。

「そっちで眠れば、こっちで目を覚ますさ」

そのとき二人は一面の銀世界を飛んでいた。雪原は病室にあるようなベッドで溢れているのに、どれも空っぽだった。

「みんな、どこに行っちゃったのかしら？」

「夢の中さ」


リディアは夢の中で、母親によく会う。

「へんよ！　おかあさんは死んだって聞かされたのに」

「なんでもありよ」母親は笑いながらこぢんまりとした庭園を見せた。庭園には、インクのように濃い青を帯びた大輪の花が咲きほこっている。

リディアが空を飛んでいると、ふたたび声がした。

「ルールを忘れずに」

「わたしが眠れば、あなたはわたしの夢。でも、わたしは、あなたが夢だけで終わってほしくない」

「夢の中では、夢は現実なんだ」

「でも、だれかの夢にすぎないものは、実際には存在しないわ」

二人は、波ひとつ立っていない黒い湖の上を飛んでいる。湖面には星が反射していた。

「自分が存在していると感じているなら、その人は存在している。その人は生きている。それは疑いえないことだし、それこそが人生であって、真実なんだ。それ以外に人生と呼べるものはない」

「あなたは、自分が存在していると感じてる?」

「基本的には。さあ、そろそろ戻る時間だよ」

「なんのために?」

「交替があるんだ、リディア、交替さ!」

「なにを交替するの?」

嵐になりそうだった。体に不穏な空気を感じて、上空にいることが難しくなってきた。

「昼と夜。夢と覚醒。夜の番と朝の番。存在と不在。本当とそうでないこと。片方が欠けては、片方はない。どちらも、どちらにでもなりうる。夢がきみを目覚めさせて、覚醒がきみに夢を見させる。そこにはもうひとつのルールがある」

二人はぐずつく雲間を抜けて、見なれた小さな家の庭に降りたった。

「これはどっち?」

「さあ、交替するよ。朝の番だ」

「あなたの話のせいで、わたしの頭の中はぐちゃぐちゃだわ。ちょっとつねってくれる、そうすれば、夢じゃないってことがわかるから」

だれかが彼女の腕をつねった。

「あいたっ。痛い。これは本当ね、わかったわ。じゃあ、あなたも本当ね」

リディアはうれしそうに振り返ったが、そこにはだれもいなかった。目の前の風景は破れるように裂けて、だれかの形となって穴が開いた。そこから父親の顔が見えた。穴はどんどん広がって、医者と部屋全体が見えるまでになった。さっきまでだれかがいた場所が埋まるように世界が現れた。

リディアは目覚め、新しい日が生まれた。

朝の番が来たのだ。

腕にちくりとした痛みが走った。医者が注射針を手にベッド脇に立ち、ちょうどリディアの腕に注射したところだった。だれかにつねられた場所とまったく同じ場所だった。

「おはよう。そろそろ起きてもいいころだよ」医者が言った。

リディアは手をもむと、伸びをしてこう言った。

「おはよう！」

「やった！　注射が効いたぞ」父親が言った。

「違うわ。注射じゃなくて、つねられたの。だれかがわたしをつねっていたでしょ」

「だれかって、わたしのことかな?」医者が聞いた。

「ううん、その人はだれかで……」

ところがだれかの顔も話した内容も思い出せない。

「リディアは夢を見ていたんだ。その夢で目が覚めたんだね」父親が言った。

「うん。わたしは夢で目が覚めたんだわ。夢で」

彼らは本を読むためにやってくる

He tulevat lukemaan kirjaa

言葉で溢れているのに、しんと静まり返っている場所。そんな場所を、図書館と呼んでいる。本一冊のスペースはわずか数センチでいい。それなのに、ページをひとたびめくると、それは成長し始める。世界くらい大きくなるかもしれないが、本が読めなければ、本はひとつにまとめた紙という物にすぎず、なんの意味もない。リディアのように本が読める人なら本を手にして明かりをつけるだろう。

リディアは図書館から借りた本を返却しにやってきた。夏休みに読み終えた本だったが、夏はとっくに終わり、返却日も超えてしまっていた。

夏に、リディアは森の草原にピクニックに出かけた。草原はおじさんの別荘の裏手にあった。リディアは、図書館でその草原を思い出していた。膝かけとジュースと本を持って、ベランダの階段から祖母に呼ばれるまで、羽音を立てるマルハナバチに囲まれてリディアは眠ったり本を読んだりした。風が立つと、なにか大切な情報でも探しているかのようにページがパラパラとめくれた。

リディアにとって、図書館は草原のようだった。ただ、図書館は眠る場所には向いていない。でも、図書館にいると、草原にいるときのように幸せになれるのだ。

図書館を初めて訪ねた日、係の人にこんなことを聞いた。

「ここには世界中の本がありますか?」

あれからもう何年も経つ。たしかに本は場所をとらないけれど、世界中のすべての本があるわけではないことを、今ではよく知っている。


スレヴィとは図書館で知りあった。リディアと同級生で顔だけは知っていた。もの静かなスレヴィは、キノコの挿絵がついた本を読んでいた。リディアは本を返却すると、空いているスレヴィの隣に腰かけて、しばらくしてこう聞いた。

「なに読んでるの?」

「キノコの本」スレヴィはうつむいたまま答えた。

「このキノコはなあに?」リディアが小さな挿絵を指さした。

「ポダキス・ピスティラリス」

「食べられるの？」

「食べないほうがいいね」

「毒キノコ？」

「いや、でも危険だよ。とても珍しいんだ」

「そうなの？」珍しくて危険なものが大好きなリディアは、身を乗りだした。

「どういった意味で危険なの？」

「人の頭にそのキノコの胞子がかかると、その人もキノコになっちゃうんだ」

リディアはぞくっとした。

「そんなキノコが待ちかまえている森に行く人なんているのかしら？」

「ここの森は大丈夫。そのキノコはカリフォルニアの原野にしか生えないから」スレヴィはリディアの本にちらりと目をやった。

「それ、なんの本？　きみが読んでるやつ」

「この本には歌と詩がのってるの」

「へぇ」スレヴィはふたたびキノコの本に読み耽ったが、リディアは声に出して読んだ。

彼らは本を読むためにやってくる
喉の渇きを癒すため
開かれた本のため
遠く、無からやってくる

風に舞う羽のように飛んできて
影となって影を訪ねる
千の足をもつ者もいる
一本すらない者もいる

彼らは本を読むためにやってくる
見えるものも、見えないものも
時がページをめくったら
彼らの姿は、もう見えない

本はいつも変わらない
変わってゆくのは読み手だけ
あなたとともに本を見た
あなたとともに本が読めた

夏と引力

Kesä ja painovoima

よく晴れた八月の終わり、父親とリディアとスレヴィは三人でちょっとした旅に出た。父親の友人が住んでいる遠くの田舎の小さな丘まで車を走らせた。友人の名はシーラク博士という。博士が引っ越してもうずいぶん経つが、建てていた天文台がようやく完成したのだ。

その日は、最後の夏の日だった。あるいは秋の始まりの日で、地球をちょうど通過する彗星を見ようと、夜になるのを待っていた。太陽が西に沈んで、未知の小さな星たちが丘の上に煌めきだすころ、全員で天文台に登った。

「今日の彗星は、たった一億五千万キロメートルしか離れていないな」シーラク博士が言った。

「わたしにとっては、〝たった〟じゃないわ」

「〝たった〟と言ってもおかしくはない。宇宙では、あらゆるものの距離がかけ離れていて、十億キロメートルですら〝たった〟なのだ」

「どうして、そんなに離れ離れになってるの？」

「宇宙は膨張している。星たちは、最初の爆発が起こってからお互いに離れていって、その距離はどんどん大きくなるばかりなのだ」

それを聞いて、リディアはなんだか悲しくなった。そうなれば、星たちは日に日に孤独になってしまう。

「いつになったら、離れていくことをやめるの？」

「ふむ、どうなんだろう。宇宙がふたたび縮むときがやって来ると推測している人もいるんだが」シーラク博士は気もそぞろに答えた。

「じゃあ、ほんとに小さかったときがあったってこと？」

「レーズンよりももっと小さいぞ。しかし、その中にすべてがあって、それはとてもとても熱いのだ」

リディアは宇宙レーズンのことを思った。そこから、月や星や太陽ができあがったのだ。今までに聞いた話のなかで、いちばん不思議に聞こえた。レーズンはどこから出現したんだろう、長さも量もないのにどうして膨張し始めたんだろう。こんなことをリディアは尋ねたかった。それに、だれかに食べられてしまっていたらどうなるんだろう？　だとすれば、なにも存在していないだろうし、食べた人はひどい火傷を負って、体がぱっくり割れてしまっているだろう。

考えを巡らせていたリディアは、スレヴィの言葉ではっとした。

「十億キロメートル先には、なにがあるんですか?」

「太陽に最も近い恒星、プロキシマケンタウリだ」

リディアが先に望遠鏡のファインダーをのぞくと、続いてスレヴィも見た。最初に見えたのは、霧のような雲だった。博士が言うには、それは銀河で、霧の粒子ひと粒ひと粒が星や太陽らしい。それよりももっと大きいなにかだとも言っていた。リディアの目には、それらはお互いにしっかりとくっつきあっているように見えた。星同士は望遠鏡では識別できないくらい何光年と離れているとシーラク博士が言っていた。光年とは、人間が行けそうにないくらいの距離で、リディアにしてみれば、年が距離になりうるということが理解できなかった。

「そういうことなのだ。光の一年の旅は光年と呼ぶが、地球の一年は引力にかかっている。それは太陽を巡る旅ともいえる。つまり、地球は太陽の引力にひかれて太陽の周りをまわっている。だから地球には四季があり、夏がふたたび巡ってくると確信できるのだ」

「それはいいことね」

シーラク博士が見せてくれたプロキシマケンタウリは、とくに変わっているわけでもなく白々と輝く点でしかなかった。でも、彗星は燃えるように光線を放っていた。実際は汚れた氷の欠片でしかないと博士は言うけれど、驚くほど美しかった。彗星をぐるりと取り巻く霞が見えた。霞は、はるか彼方からやって来て、彼方へと行ってしまった。プロキシマケンタウリは見たいときにいつだって見ることができる。でも、彗星はそうはいかない。戻ってくるのは何百年後で、そのときに見たいと思ってもリディアたちはもういないのだ。

(それもおかしな話)

別の人間や生物が、何百年、何千年、何百万年後に見ているかもしれない。

リディアは母親のことを思った。

(お母さんは、彗星よりもずっと遠くに行って、もう帰ってこない)

「引力って、いったいなに?」

「それは物質の特徴なのだ。つまり、われわれが地上に立っていられるのも、歩いたり、座ったり、横になったりできるのも、われわれが小さくて、地球が大きいからなのだ。そんなわけで、大地が下にあり天が上にあるとも言えるのだ。実際には上も下もないんだが」

「そんなに簡単なことなの?」

「いや、そんなことはない」

「サイルス・テード先生はまったく違った見解を出してるよ」父親がリディアに目くばせした。

「どんな?」

「つまり、ぼくらが地上に立っているのは遠心力のおかげだというんだ」

「いかんぞ、子どもたちに異説を教えちゃ」博士は言うと、もじゃもじゃの眉毛をつんと上げた。

「ぼくは考えさせることを教えているんだよ」

「でも、引力って緩むことはないんですか? ほんの一瞬とか、たまにとか」スレヴィが聞いた。

「それはありえない。自然界の理法はなにをもってしても動かしがたいのだ」博士は言うと、しばらく考えてこうつけ足した。

「われわれが知っているかぎりにおいては」

「でも、実際にそうなったとして、ぼくらはどうなるんですか?」

「もちろん、落っこちるでしょ。石がまっすぐ空に落ちるみたいに」

「あるいは上がるかだね。同じことだよ」

「いや、引力がなくなると、われわれは飛ぶことになる。宇宙飛行士たちが体験しているだろう？　ものすごい体験だというのが、大半の意見だ」

「わたしだって飛べるわ。夢の中で」

「夢は関係ないよ。いつも飛んでいなきゃならないとなると、つまんないよ」スレヴィが言った。

「そのとおり。われわれが飛ぶためにあるとしたなら、われわれはまったく別の生物になるだろう。地球と引力なくしては、われわれは生きていけないのだ」

朝になって、ふたたび一つの星が見えた。ほかの星はすべて光の中へと消えてしまっていた。みんなで陽のあたる天文台の階段へ朝食を運び、シリアルを食べながらココアを飲んだ。リディアは階段に腰をおろした。ココアはカップの中で揺れているのに、天文台はぐらつきもせず丘の上に立っている。すべてが、そうあるべき姿をしていた。

夜の残り香から、リディアは石階段のひんやりとした冷たさと太陽のぬくもりを感じとった。秋が訪れた今、これから冬至まで太陽と離れ離れになってしまう。でも、冬至が過ぎればふたたび熱い瞳に巡りあうだろう。リディアはある歌を思い出した。

種のわたしは太陽を信じ
新しい春を集めましょう
冬のわたしのゆりかごは
ふわりと花咲く未来に揺れましょう

リディアは天文台の階段でハミングを始めた。コンバインがおもむろに畑で唸り、金色の穂先を刈りとっている。

「秋は、ぼくらを豊かにしてくれる。秋は、星と穀物の糧を授けてくれるんだ」父親が言うと、スレヴィがこう聞いた。

「でも引力がほんとに一瞬だけ緩んでしまったら？　地上のどこかに、そんな場所があるような気がする」

岩に建てた家

Kalliolle rakennettu

ある夏の日の朝、保険調査員エンド氏は、いつもと変わらない時間に、いつもと変わらない家で目を覚ました。その家はエンド氏の父親が頑丈な花崗岩に建てたものだ。彼は生まれてからずっとこの家に住んでいる。ここよりも安定して落ち着いた場所は、どんな保険調査員でも見つけられないだろう。

今日はそれまでの朝と違っていた。天気をみて服を着ようと、エンド氏が窓枠に取りつけてある気温計にちらりと目をやって、はっとした。見える景色が違う。庭に連なっていたはずの国道もバス停も見えない。

濃い霧のせいで遠くまで見えないのだろうと最初は思っていた。普通なら、それで納得がいっただろう。しかし、玄関を開けてみると外はいい天気で、霧ひとつない穏やかな朝だった。ところが、庭の小道はぷつりと途絶え、空しく宙へ続いていた。

エンド氏は一番上の階段に立ちつくした。落ち着き払って立ったつもりだったが、普段よりも深く息を吸いこんでいた。

仕事柄、さまざまな状況に遭遇することには慣れている。大災害は保険会社の暗部で、不測な事態でありながら安定した収入を約束してくれる。

だが、こんな光景を目にするのは初めてだった。エンド氏の私有地は島と化し、それを取り囲んでいるのは大洋ではなく、空の海だった。庭が上昇したのか、それとも、庭を繋ぎとめていた地殻が降下したのか、あるいは、落下したのか。どうしてこんなことになったのか、彼にはさっぱりわからなかった。昨夜は朝まで一度も起きなかったのに、こんなに大きな変化が物音ひとつ立てずに起こったのだ。

エンド氏ははっとした。彼がかけているスーパー住宅保険ですら、こんなケースは保障対象外だろう。天変地異に保険は効かない。この状況も疑いなく、そのケースに相当する。

エンド氏は双眼鏡を持ってくると、ぐるりと見渡した。見えるのは青空と鰯雲だけでなにもない。下をぐっとのぞいてみても大地を思わせるようなものはなかった。遥か下の方で鳥の群れが空を駆けている。どこかに巣があるはずだ。ただ、以前あったものがなにひとつ見当たらない。消えたバス停と国道、消えたＡＴＭとステーキハウス。あれもこれも消えてしまった。通り過ぎるトラックの地響きのような轟音も黙りこくり、ガソリンスタンドのはためいていた幟《のぼり》も見えない。

景色はうっとりするほど広いのに、妙に落ち着かない。

エンド氏は新聞を取りに行った。

（こんな異常な事態だ。新聞になにか書いてあるかもしれない）

そう思ったものの、しばらくして、そんなことはありえないことに気がついた。新聞が入っていたら、激変はその後に起こったことになるからだ。

新聞は来ていなかった。もう来ることもないだろう。これは確かだ。新聞配達人が乗っているのは飛行機ではなく、自転車なのだ。

上昇するものはいつかは降下すると思ってきたが、正反対のケースはあまりない。世界は時間と引力によってあるべき姿をしているはずなのに、今、引力になにかが起こっている。おそらく一時的なものだろう。だとすれば望みはまだある。

この島もいつかは降下するときがくると、エンド氏は考えている。もちろん、もとの場所に降りるという確信はない。おそらく彼の足元にあった大地は、同じ方向に同じ調子でぐるぐる回り続けるだろう。しかし、生まれたばかりのこの島は、それとはまったく別の道に逸《はぐ》れてしまった。降下するときがくれば、ゴビ砂漠か大都会の広場に置き去りにされるかもしれない。

エンド氏は、いきなり降下してほしくないと思いながらも、できれば早くそうなってほしいとも思った。いちばんの心配は、祖母からもらった砂糖入れが急降下に耐えきれないだろうということだ。それは、この家でもっとも値打ちのある物だった。

今日は、被害状況を点検できそうにない。というよりも、被害を点検しにやって来る人などいないだろう。店にすら行けない。幸いにも、戸棚のなかには粉と乾パンがある。地下には、こぢんまりとした菜園から採ってきたばかりの人参やジャガイモを蓄えてある。家の裏手には澄んだ池があり、水もまだある。

エンド氏は冷めた職業人間で、人が確信を持って当たり前だと思っていることが、実際には不確かで予測できないものであるということを知っている。パニックに陥ることはなく、祝日であれ（今日は平日ではあるが）、普段と変わらない日々を過ごそうと決めている。じきに起こる降下時期をひたすら待ちながら、コーヒーを沸かそうと家に戻り、チーズとキュウリのオープンサンドをこしらえた。電話も試してみたが通じなかった。もちろん、期待はしていなかった。

エンド氏はオープンサンドを食べようと階段に座りこんだ。風に薄くなった髪が揺れる。空気は澄んでいて、標高の高い山のように爽やかだ。上を向いても下を向いても見えるのは雲ばかりだった。家や小屋が絶えず動いているように見えたが、固定した物がなくては比較も確信もできない。おそらく、雲が流れているのだろう。

ふいに哲学の先生の問いかけがエンド氏の脳裏をよぎった。

「どうにもできないとき、われわれになにができるだろう？」

これは重要な問いであり、「今日の問い」であった。先生はそれにこう答えた。

「起こってしまったことに対して、われわれは哲学的見地から歩み寄ることができる。つまり、事実は変えられないが、われわれ自身の態度は変えられる、ということだ」

ここに曲げようもない事実がある。それをエンド氏は変えることはできない。しかし、それを変えたいとすら思っていない自分がいる。悪いことばかりじゃない。スケジュールを気にして急ぐこともないし、顧客に補償金を支払わずに済むような卑怯な手を考えあぐねる必要にも迫られない。永遠が耳の中でざわめいた。

不本意に災害に見舞われたにも関わらず、明るく受け止めた。陽のあたる階段のほうへ寄り、流れゆく雲を見ようと頭を傾けた。

エンド氏は休暇中に海外へ旅行するつもりだったが、切符の手配が間に合っていなかった。

「ああ、よかった。だって、こんな遠くまで一銭も払わずに旅ができたうえに、こんなに眺めが美しいんだから！　それに、他人のベッドで眠る必要もない。会社では、ぼくがいったいどこへ行ってしまったのか驚いているだろう。二十八年間、一度も遅刻したことはなかったからね！　なにかあったと思って、しばらくは気にしてくれるだろうが、ぼくと同じくらい、あるいはぼくよりも仕事ができる新しい保険調査員が入ってくれれば、じきに忘れてしまうさ」

エンド氏は自分の運命に満足した。

わたしたちの手ではどうにもできないときに、なにができるだろう？　エンド氏のように頭を傾けようか。そうすれば雲の様子がもっと見えてくる。

もし人間が学ばないなら

Ellei ibminen opi

町に預言者がやって来た。いかにも預言者ふうの長髪と無精髭を蓄え、自転車に乗って彼方からやって来た。でも、マントははおっていないし、サンダルも履いていない。くたびれたジーンズにスニーカー、色褪せたTシャツといった格好で、シャツにはこう書いてある。

「未来は買うことはできません」

預言者は路面電車の各駅や歩道、市場やフェア会場、駅の広場やスーパーマーケットにも行った。だが、どこに行ってもすぐに追い出されてしまった。

預言者の言うことは決して楽しいものではなかった。大惨事や事故を予想し、世界中の町が荒れ果てて廃《すた》れ、やがて塵となってしまうのも時間の問題らしい。彗星、戦争、洪水、ハリケーン、土砂崩れ、乾季、水不足、精神病が人間を脅《おびや》かすと言う。

確かにそれは楽しいものではない。預言者に耳を傾ける者はわずかで、泣き出す者もいれば、笑う者もいる。多くは迷惑していた。それでも、説教を最後まで聞いている人もいて、彼らは預言者に付き従い、周りからは使徒と呼ばれていた。

リディアは、預言者の話をたまたま耳にしたことがある。スレヴィと大型ショッピングセンターで、ココア、牛乳、オレンジ、チョコレートクッキーを買っていたときだった。預言者は、靴下屋とネイルスタジオに挟まれた路地に立って説教していた。二人の若い使徒はガードマンとして誇らしげに両脇についていた。

預言者の向かいでは、実演販売者が革新的な新商品を宣伝していた。リディアとスレヴィはどちらの言葉も聞いていた。

実演販売者が小さな器具を宙にかざし、正真正銘の元祖ニューロフォンだと言っている。

「さあ、ニューロフォンのご紹介ですよ！　電極棒と聴覚レセプターがついて、なんと破格のお値段！　さあさあ、寄ってらっしゃい！　よーく自分の耳で確かめてくださいね！」

「ニューロフォンてなに？」リディアがこっそり聞いた。

「寄ってらっしゃい見てらっしゃい！」

販売者は、預言者、リディア、スレヴィ、年配の夫人、三人の少年に声をかけた。

「未来が連れてくる音を聞いてちょうだい！　そしてそれを変える方法を知ってちょうだい！」

実演販売者はさらに声を張りあげた。

「いいですか、お客さん！　わたしが持っているのは、画期的な科学技術の発明品なんですよ！」

「科学技術、人間の貪欲というものが、われわれを惑わせてしまった。人間が作り出したものすべて、発明品も機械も誇り高きこともすべて、壊滅するのだ。もし……」

預言者はそう言うと押し黙り、わずかな聴衆を期待をこめて見つめた。

「もし、なに？」小学生の子どもが聞いた。

「きみが答えるといい」預言者は使徒の一人を促すと、彼は咳払いをしてもじもじしながらこう言った。

「もし、人間が変わらないなら」

「その通り！　人間は変わらなければならない。それも大きく。だが、われわれは変化を望んでいない。だから、こうしたいと思う気持ちをわれわれは持たなければならないのだ。それが、あらゆるものの中で、もっとも難しい。意志が変われば、すべてはおのずから進展してゆく」

「ボーイングのスプリングシューズだよ！　バネの踵《かかと》に注目してちょうだい！」

「自分から変わりなさい。正しく意志することを意識しなさい」

スレヴィは預言者の話をつぶさに聞いていた。スレヴィがあまりに熱心に聞き入っているので、リディアは心配になった。

「もう行きましょうよ」

路地の反対側では、実演販売者がこう言っている。

「二倍速く走れますよ！　ボーイングのスプリングシューズを使ってちょうだい！　目にも留まらぬ速さをお約束します！」

「いや、あの人は本当に、本当のことを言っているんだ」スレヴィが言った。

「あの人ってどっち？」

実演販売者は三番目の商品説明に移っていた。

「この器具はあなたがたの人生を変えちゃいますよ！　さあさあ、寄って寄って！　ぜひ試してちょうだい！　デジタルヘルメットが頭頂部をマッサージして、無駄な緊張感を解きほぐしてくれますよ」

けれども、預言者は、人間が変わらないかぎり、未来はないと言っている。預言者はひとりひとりの目を見て、聞き手をじっと見つめた。

「どういうふうに変わるべきなんですか？」

いつのまにかスレヴィが質問していた。

「自分を忘れなくてはなりません。簡素に生きなくてはなりません。あらゆる無駄なことから手を引かなくてはなりません」

（だけど、なにが無駄なものかって、どうやったらわかるのかしら？　それに、どうやったら自分を忘れることができるの？　だって、自分とずうっと生きていくことになるのに）

リディアはそう思いながら、誕生日プレゼントにもらった新品の時計を見た。そこには、リディアの名前が刻まれてある。

（これも無駄ってこと？）

実演販売者は言う。

「さあ、どこにもない父の日のプレゼントだよ。まぎれもない特選品。ピストルの形をしたリモートコントロールだ！」

「僕は預言者のような道を歩みたい。町から町へ巡り歩くんだ」スレヴィはぼんやりと遠くを見つめていた。

「そんなことダメよ。だってまだ若いのよ。それに、わたし寂しくなっちゃうわ」リディアはスレヴィを咎《とが》めるように小突いた。

「きみも一緒についてくればいい」

「できないわ。だって預言者のこと好きじゃないもん。それに、お父さんを残して行けない」

警備隊の男性がこちらに寄ってきて、どこか違う場所で説教するように預言者に言った。

「出て行ってください。迷惑です」

すると、実演販売者はふたたびこれみよがしに声を張りあげた。そして、センスのない小袋を見せた。

「これは、世界でいちばん効き目のあるハエ捕り袋です。単なる小さい袋にしか見えませんが、なんと二万匹ものハエを捕まえることができるんですよ」

「二万匹ものハエを捕まえていったいなにをしようっていうのかしら?」

リディアは不思議でならなかった。

空洞の理論

Teoria ontosta maasta

この日はあまりいい天気ではなかった。この町ではそんなに珍しいことではない。

「さあ、おまえも大きくなったから、世の中の事実について話さないといけないな」

リディアはうんざりした。

(そんなこと、とっくに知ってるわ)

「そんな必要ないわ」リディアがぼそっと呟いた。

父親はおかまいなしに話を続けた。

「お父さんが若いころ、サイルス・テード先生に教えを受けていたことは知っているね。でも、先生がお父さんになにを語ってくれたのか、そのことはまだ聞いていないだろ。世間をあっと言わせるような未公表の情報だよ。先生はね、現代の科学が未だに解明できないでいる事柄を明らかにしたんだ」

「それってなあに?」リディアはぼんやりと聞いた。

「つまり、大地は空洞である、ということだ」

そう言われても、リディアはこれといった興味を示さなかった。すると、家にはリディアと父親の二人しかいないのに、だれかに聞かれたくないように父親は声をひそめた。

「大地は空洞の球体で、ありとあらゆるものはその内側にあるんだ」

父親はそう言うと、待ちかまえるようにリディアを見つめた。

「内側に？　まさか、ありえないわ！　そんなこと、どこにも書いてないもの」リディアは目を丸くした。

「まだ書かれていないだけなんだ！　だけど、教科書に載るのも時間の問題だよ。すべての科学機構に衝撃が走るぞ！」

「それじゃあ、わたしたちは球体の内側にいるってこと？」リディアは眉根を寄せた。

「もちろん。そこにぼくらはいるんだ。惑星も、太陽も、恒星も、塵も、目に見えない物質も、つまり宇宙まるごとすべてそこにある！」

「どうやったら、そんなことがありえるの？　だったら球体の外側はどうなの？」

「そっちかい？　そっちにはなにもないよ。ある必要なんてあるかい？　ほかの科学者たちはなにもかも間違って解釈している。ぼくらが球体の出っぱった外部に立っていると想像しているようだけどね。まいったよ！　ぼくらが立っているのは、くぼんだ内部なんだ。サイルス・テード先生は、そのことに最初に気づいた人でね。あの人は天才だよ！」

「でも、それはつまり、中国が……」

「まさに、そのとおり。中国はぼくらの足元にあるんじゃなくて、頭上にあるんだ。あそこだよ！」

　すると、父親は上空で流れる雲を指さした。

「うっわぁ！」

　リディアは心底驚いた。学校で教えられていることと、まったく違うのだ。

「高性能な望遠鏡を持っていたらなあ。なにが見えるだろうね、リディア？」

「万里の長城とか」

「そうなんだよ！」

　父親はリディアの両肩を思いきり叩いた。

「引力はどうなるの？」

　リディアは賢い子だ。

「今、おまえが言ってくれたように、それが根本的な誤りなんだ。ぼくらが地上に立っていられるのは、引力のおかげじゃなく、遠心力のおかげなんだ。宇宙の幾何学を裏返せば、ぼくらは自然の法則も同時に裏返すことになる」

「じゃあ、球体の中心にはなにがあるの？」

「そこには無限がある」

「そこに？　いったいどうやったら、そこに収まるの？」

「無限はどこにだって入っていける。ぼくらが中心に向かって歩いていくと、すべてが縮んで速度を落としていくんだ。無限に向かってね。無限は万物の核だよ。無限より小さいものなんてないんだ」

「テード先生の理論は正しいって証明されたの？」

「間違っているとは言われていない。でもね、証明されることなんてないんだ」

ありふれた石

Yleisiä kiviä

店の窓の貼り紙にはこう書いてあった。

「売り物ならなんでも買います」

リディアとスレヴィとほかの子どもたちが海岸から集めてきたものがある。水際で拾った色とりどりの小石だ。小石を袋に入れると、子どもたちは店に持って行って店主に見せた。

「すみません、この石、どれくらいで買ってくれますか？」

「困っちゃったなあ、これは買い取れないよ」店主が言った。

「どうして？　お店の窓には『売り物ならなんでも買います』って書いてあるのに」子どもたちの声は沈んだ。

「だろ？　いいかい、看板には、なんでも買います、とは書いていない。売り物ならなんでも買います、と書いてあるんだ。そういう違いだよ。この小石は、そりゃ〝なんでも〟になるけど、売りもんにはならない。売れないような物は買わないほうがいいんだ」

「おじさんが?」

「もちろん。商売人でいたいからね」

「どうして?」

「よーく聞くんだよ、どうして商売人が売れない物を買うのかな?」

「でも、この石をおじさんに売れば、売り物になります」

「ああもう、わかってないなあ。それから先に進めないってことなんだよ。つまり、わたしはね、きみたちから買わないほうがいいってこと。買ったって売らないよ。商売人でいられなくなっちまう。でも、クロイソスなら売りつけられなくても買うだろうな」

「クロイソスってだれですか?」

「ものすごい大金持ちさ」

「おじさんはものすごい大金持ちになりたくないの?」

子どもたちに聞かれて、店主は笑った。

「もちろんなりたいさ。でも、そのためには売らないと」

店主の話はなんだか奇妙でよくわからなかった。子どもたちは石の袋を指でいじりながら、こう言った。

「でも、とてもきれいな石です」

「そうだろうね。世界は美しい物で溢れている。そのうちの多くがありふれたもので、お金がかからない。人は、美しい物があるからといって、そのためだけにお金を払わない。珍しい物にお金を出すんだ」

「この石はどれも珍しいです」

「宝石は珍しい物だけど、海岸の石は違うなあ。ほんとにただの石ころだよ。ありふれた石さ。わたしのお客さんには、持ってきた石も海岸のほかの石も見わけがつかないだろう。海岸全体が何十億もの同じ石で溢れ返っているんだから」

「そんなことないです。ぼくらは自分たちの手で海岸の石を選りわけたんです。そこには、ひとつとして同じような石はありませんでした。どの石も違っていました。ここにある石はみんな、とびきりきれいなんです」

「そうだねえ。でも、そんなこと、わたしのお客さんは知らないんだよ」

「じゃあおじさんから言ってください。そうすれば、お客さんもわかります」

店主はふぅと溜め息をついた。押し問答にもほどがある。店主は、子どもたちから解放されたくて、こう言った。

「ああもう、しょうがないなあ。それじゃあ、一キロあたり四十円で買うよ」

店主はそう言うと、石を秤《はかり》にかけてその分を支払った。全部で五キロ半あった。子どもたちは、以前よりもお金持ちになった気分で満足げに店を後にした。自分たちがクロイソスにでもなったかのように感じたのだ。

店主は店員に石を洗わせると、水が入ったガラスの花瓶に入れさせた。水とショーウィンドウの光に、石が宝石のように煌めいた。店主はしばらく考えこんで貼り紙にこう書いた。

「手で選りすぐった海岸の石。二十円／百グラム」

彼はなんとも根っからの商売人だ。


翌週、子どもたちがふたたび店を訪ねた。夕暮れの光が、町の窓や海や海岸の石を照らしている。ねこ車や乳母車を押す子もいれば、車輪のついたスーツケースを引っ張っている子もいる。どれも美しくてありふれた海岸の石でいっぱいだった。

「すみません、これ、おじさんに」

子どもたちはまるで贈り物を持ってきたかのように言った。

ペナンブラ

Gregoriaaninen penumbra

キリストの降誕を待ち望む十二月のある日のことだった。

「今日からペナンブラの月に入るけど、怖いことなんてないからね」父親が言った。

「なんの月？」リディアはおそるおそる聞いた。

「ペナンブラだよ。影の月さ。用心したほうがいい。ぼくらは危険な時を送っているんだ」

「どこがどう危険なの？」リディアは心配になった。

「とにかく危険なんだ。もっとも危ない時期は冬至の日だよ」

「そのとき、なにが起こるの？　夜がいちばん長いっていう以外に？」リディアはどきどきしながら聞いた。

「そのときは、なんでも起こりうるし、起こっている。ペナンブラの月は十二月のあたまから一月の終わりまで続くんだ。それは、ちょうど冬至の日に頂点に達して、ペナンブラの時期にはなにが待ち構えているかわからない。奇遇、遭遇、発狂、行方不明、急襲、詐欺、筋肉痛、踏み外し、捻挫、難破、暗殺、雪崩、自然発火、トルネード、流星落下、大洪水、といったように、想像できるものならなんでもだ。それに、想像できないものも」

リディアは、想像できないようなものを思い描いてみたけれど、頭に浮かんでこなかった。

「お父さんも預言者の話を聞いたの？　それとも、サイルス・テード先生から教わったの？」

「なんだい、その預言者っていうのは？　預言書なら読んだことはある。タイトルは、『いかに万事に備えるか』。ずいぶん昔のことだよ。あまり早い時分からおまえに心配をかけたくはなかったんだが、もう、そういうことを話してもいい年ごろになったからね」

（そうかしら？）

「ペナンブラは毎年あるの？」

「もちろん」

「でも、去年の今ごろ、そんなに恐ろしいことなんてあったかしら。もう忘れちゃった。一昨年のことなんてなおさら覚えてないわ。クリスマスはあったけど、そのころが恐ろしいのよね？」

「クリスマスは入らない。問題は、ぼくらはたまたま幸せを感じているけれど、それは永遠に続くものじゃないってことなんだ。怖がることはないよ。ただ、ずっと続かないだけさ。その心づもりでいたほうがいい」

（そういえば、もう三時間も雨が降り続いてる。降り止むことなんてないのかもしれない。水かさが増して、道が川となって、市場が湖になるんだわ。そして、家があてもなくぷかぷか流れ出すのよ）

「すべてがありえるんだ」父親は自信たっぷりに言った。

「昨日、お店に行っておいてよかったわ」

（屋根裏には空気ベッド、浮き袋、足ひれがある。なんだかペナンブラがすごく気になってきた）

その一方で、にわかに信じきれない面もあった。リディアは確率や偶然に詳しくはないが、とにかく良くないことはペナンブラの前であれ後であれやって来るわけだ。

「二月にピナツボ火山が噴火したし、去年の五月には花屋のゼラニウムがすべて盗まれたわ。それから、十一月にはクラスメートの犬が逃げちゃった。でも十二月に戻ってきたのよね。ちょうどペナンブラの時期に」

「それはどういうことだい？」

「お父さんの読んだ本に書いてあったことと似たようなものよ」リディアはつんとすまして言

った。

雨は降り止まない。十二月初めの凍みる霧雨だ。雨は絶えずリディアの頭を悩ませている。庭にできたたくさんの小さな冷たい池がくっつきだした。おそらく、雨はペナンブラの間、ずっと降り続けるつもりなのだ。リディアは、水かさの増すスピードを確かめるために、二分おきに窓ごしにのぞいてみた。すると、父親がニュースを聞こうとラジオをつけた。

「なにか恐ろしいニュースでもやってるの?」

「それはもうたくさん」

「でも、それはべつにペナンブラの時期じゃなくてもやってるわ」

リディアは耳を澄ました。大洪水のことなどこれっぽっちもやっていなかったけれど、もしもに備えて空気ベッドを膨らましておくことにした。

空気入れにはかなり体力を使う。入れても入れても、ベッドは息苦しいくらい遅々として膨らまない。蛾が穴でも開けてしまったのだろう。やっとベッドがぱんぱんに張って、はっとした。冬の太陽が、窓や庭の池に燦々《さんさん》と降り注いでいた。

雨は止んだのだ。本当に穏やかで、カエデの枝についている雫がきらりと光っている。

つけっぱなしのラジオから、母親が口ずさんでいた歌が流れていた。

ああ、運命の女神よ、金色の月よ、移り気の君よ！

スフィンクスの情報

Sfinksin tieto

リディアは冬休みに父親とエジプトを旅行した。不機嫌なラクダに乗って、ギザのスフィンクスを見た。ちょうど日没のころで、スフィンクスが王たちの墓に近寄りがたい黒い影を落としていた。それは、四千五百年もの間、墓を守り続けてきたのだ。

「スフィンクスはもっと年をとっていると言っている人もいる。つまり、神々が支配していた時代につくられたって言うんだ。太陽が獅子座についた時代だよ」

リディアはすっかりくたびれて、スフィンクスを見る気がしなかった。喉も渇いて汗もかき、ホテルに帰って休むことにした。ところが、リディアはなかなか寝つけなかった。すると、父親がこう聞いてきた。

「サイドニアがどこにあるか、知ってるかい？」

「サイドニア？　変な名前。それって、国？　それとも、町？」

「場所の名前だよ」

「聞いたことないわ。エジプトにあるの？」

「エジプトじゃない」

「アメリカかしら？」

「アメリカじゃない」

「アジアのどこか？」

「アジアじゃない」

「ヨーロッパ？」

「いや、ヨーロッパでもない」

「じゃあ、アフリカってこと？」

「アフリカでもないなあ」

「それじゃあ、どこにも存在しないじゃない。お父さんが勝手につくりあげた単なるおとぎ話の場所でしょ。つまんない遊び。なぞなぞ遊びなんか、わたし、もうしないのよ」

ホテルの窓の向こう側に、熱気を帯びた未知の南風がゆるりと流れている。床の上で奇妙な昆虫がカサリと音を立てた。リディアは家に帰りたくなった。

「サイドニアはなぞなぞなんかじゃないぞ。ちゃんと存在している場所なんだ」父親がきっぱりと言った。

「じゃあ、どの町がサイドニアに近いのか教えてよ」

「場所によってはまちまちだが、どの町もサイドニアから遠いな」

「へぇ！」

「近いとされるのはカイロであったり、ウランバートルであったり、上海であったりするし、ヘルシンキとか、プエルトリコとか、ウーマヤとかもそうかな。でも、リディアが知っているどの町もサイドニアからは遠いってことだ」

「どうやったら、そんなことになるの？」

「そうだね、おまえはどう思う？」

「どうやっても無理よ！」

「いいや、そんなことないんだ。つまりね、サイドニアは、ここから遥か遠くにあって、この地上にはないからだよ」

「じゃあ、どこにあるの？」

「火星だよ。とても意味ありげな場所なんだ」

「どういうふうに意味ありげなわけ？」

「火星のサイドニアという地帯にスフィンクスがいると言われている。それからピラミッドも」

「スフィンクスはエジプトに住んでるのよ。お父さんだって、そのことは知ってるでしょ」

「あれはスフィンクスのひとり。スフィンクスはいろんな所にいるのさ」

「でも、だれも火星に行ったことがないわ。そこに火星人がいるわけでもないし。それで、どうして火星にスフィンクスがいるってわかるの？」

「宇宙探査機の写真からだよ。そこには、銅像みたいな岩があってね、まるで巨人の顔さ。その高さは何百メートルもあって、幅は一キロ以上もある。そして、天と星を仰いでいるんだ」

リディアの目に未知なる星が昇り、ごつごつした神妙な顔が浮かんできた。耳に手を当てると、どこか彼方からテンポの遅い音楽が厳かに流れてきた。おそらくうとうとと眠ってしまったんだろう。

「スフィンクスと呼ばれるようになったのも、その髪型がエジプト風に見えるからなんだ」

「だれが石の顔をつくったの？　人間？」

「時間と風と塵と水だと言う人もいる。火星に雨が降ったときもあったが、あれからずいぶん経つ。時間、風、塵、水が、ひとつの山を偶然にも人間の顔みたいにしたんだろうね。そして、別の山もまた偶然にもピラミッドを思わせるような形にしたんだよ」

「それって、偶然なのかしら？」

「ありえないようだが、空にピラミッドの形をした雲が浮かんでいるのも同じくらいありえないだろ？　そんなものだれも目にしたことがないし、目にすることもない。それに比べれば、火星にピラミッドとスフィンクスがあるほうがすこしはありえそうだ。いずれにしても、ありえないことから考えるしかないんだ」

「サイドニアのスフィンクスは何歳？　エジプトのスフィンクスと同じくらい年をとってる？」

「もっと上さ。百万は超えてるよ」

「そのスフィンクスはいろんなことを見てきたのね。とっても賢いはずだわ」

「そう思うかい？　ギザのスフィンクスの内部には秘密の小部屋があって、そこには古代のありとあらゆる知恵が水晶に閉じこめられているんだそうだ。しかし、それが事実だとして、エジプトのスフィンクスがなんでも知っているわけじゃない。知っているのは人間だけさ。でも、その人間だって知っているのはほんのわずかなんだ」

朝になって、二人はギザのスフィンクスのもとへ戻った。

時間、風、塵、水もギザのスフィンクスをつくったけれど、それ以前に人間の手がつくったのだ。スフィンクスの鼻はもう鼻と呼ばれるほどのものではなくなり、砂嵐に吹かれて時とともに風化してしまっている。鼻がなくても、とても美しかった。

「スフィンクスには髭もあったんだ。でも、何百年も前に落ちてしまった。その一部が博物館に保存されているよ」

リディアは博物館のガラス箱に入ったひとりぼっちの髭のことを思った。スフィンクスは髭を恋しく思っているだろうか？　スフィンクスの近くには露店が立ち並び、観光客の一行が招き寄せられるようにうろついている。叫び声がすごい。カメラのシャッター音がひっきりなしに聞こえる。スフィンクスは、そんな喧騒にゆったりと構え、虚ろな目で見つめていた。

それは動物であって人間だ。それに王でもある。サイドニアのもうひとつのスフィンクスを除けば、ギザのスフィンクスより年をとっている者なんていない。

「ねえ、お父さんが話してくれたその小部屋を探しに行ける？　古代のすべての知恵が入っているっていう小部屋よ」

「行けない。そこに行くには特別な許可が必要なんだ。ぼくらは考古学者じゃないからね。でも、小部屋が存在しているなら、考古学者たちは発見しているはずだ」

「それで、わたしたちがなにを知らないのかがわかるのね。それから、死者を目覚めさせる方法だってわかるわね、きっと」

「いや、その情報はそこにはないよ」父親はそう言うと、リディアの頭を撫でた。

「スフィンクスの謎を知ってるかい？　このスフィンクスじゃなくて、また別の。朝には四本足で、昼は二本足、そして夜には三本足になるのはなんだい？」

「なあに、それ？　ちょっとわかんない。それって、なにかの動物？　それともロボット？」

父親が答える前に、リディアの目に奇妙なものが見えた。冷たく光る生物が唸りながら砂漠を通り過ぎていく。それは、ごった返す観光客の群れや、バスや売店を縫うように歩いていた。

「お父さん、あれはいったいなに？」

二人は近寄ってみた。それは機械だった。小さめのパワーショベルに似ていて、ぶ厚いタイヤが六本ついている。前に進んでいるけれど、操作している人の姿はなかった。

「あっ、おまえのいうロボットじゃないか。六本足だが」

ロボットはしっかりとした足どりで進んでいる。まっすぐこちらに向かっているわけではなく、ちゃんと妨害物を避けながら進んでは立ち止まり、乾いた砂をショベルで掘り起こしていた。

「なにをやっているのかしら？　それに、どうやって障害物を避けてるんだろう？」

「多分、砂に埋もれた観光客の落し物を探しているんだよ。時計とか、お金とか、カメラとか。それには探知機とカメラが取りつけられているんだ。きっと、ある種の金属探知機だと思うよ。拾った物を保管して、夜にホテルに戻るんだな」

ロボットがスフィンクスの影に進んできた。間もなくしてスフィンクスの傍《そば》を過ぎると、砂埃の中へ姿を消した。

「なんだか、自分がなにをやっているのかわかっているように見えたわ」リディアが考え深げに言った。

「そう見えるだけさ。ぼくらだって、自分たちがなにをしているのか、いつも把握しているわけじゃない。ロボットは今世紀のスフィンクスだよ。人間は、その手でスフィンクスをつくり、そしてロボットをつくった。そしてぼくらは今、その産物を見て目を丸くしている。片方はあまりにも老いて、片方はあまりにも若い。そして、どちらも答えようがない謎を投げかけているんだ」

「どっちも謎かけしているなんて、聞いたことない。もし選択しなきゃいけないいなら、わたしはスフィンクスをとるわ」

二人はバスに乗った。そのバスは観光客を乗せてホテルへ戻っていく。リディアは肩ごしにスフィンクスを見た。その上のほうでは、南の暑い光の中で神秘的な雲海が天高く浮かんでいる。

「お父さん、まだだれもピラミッドの形をした雲を見たことがないって言ったわよね？　でも、あの雲、見てよ！」

ところが、リディアがふたたび雲に目をやったときにはもう、雲は傾《かし》ぐ塔と凪に霧散する町に姿を変えていた。

それは、ぼくらを通り過ぎていく

Se kulkee meidän ohitsemme

「あの彗星を覚えているかい？　シーラク博士の望遠鏡で見た彗星だよ」父親が聞いた。

もちろん、リディアは忘れていない。リディアはちょうどチョークで絵を描いていた。スフィンクスとピラミッドの絵に、まだ目にしたことのない小さなドアを描いた。スフィンクスの両足に挟まれたドアは、古代のあらゆる知恵が詰まっている小部屋へ通じていた。

「今、太陽系にまた別の彗星が近づきつつあるんだ。彗星というのは行ったり来たりを繰り返すけれど、この彗星はほかとはまた違うんだよ」

「どういうふうに？」リディアは聞きながら、青いチョークを手にした。ドアを青色に塗って、そこにドアベルもつけた。

「それ自体に違いがあるわけじゃないが、ただその彗星には衛星がついているんだ。目を見はるくらい大きな衛星でね、地球の四倍もある」

リディアは預言者を思い出し、ぞくっとした。

「地球に衝突するの？　それとも、お互いがぶつかり合うの？」

「そんな心配はいらない」

「でも、それって確率ってことなのよね？」

「まあ、そうだね」

リディアは安心できずにこう聞いた。

「望遠鏡で見れる？」

「見た人もいるよ。でも、見えたからってなにかわかるわけじゃない。その写真もたくさんあるけど、おかしな対象物さ。見えるときもあれば、見えないときもある。きまって一所にいるとは限らないんだ。見えるときは、それ自体が発光しているみたいに見える」

「どういうこと？　それって、太陽？」

「科学者の多くは、それは星であって、写真の解釈は間違っていると言っている。でも、星はいつも見えるし、おまえもわかっているように太陽はうろうろしないからね」

「でも夜は見えないわ」

「ぼくらのは見えない。よその太陽を夜に見ているだけさ」

「じゃあ、それってなに？　もし、星じゃないとしたら？」

「うーん。ある人たちは乗り物かなにかだろうって言ってる」

リディアは絵を描く手をぴたりと止めた。

「そんなのうそよ、そうでしょ?」

「別にいいんじゃないかい?」

「だって、そんな乗り物は存在しないもの」

「ぼくらのところにはね。でも、宇宙は広いんだ。ぼくらが目にしているものからわかるものなんて、これっぽっちだよ。なにが存在していて、なにがしていないのか、どうやって知るんだろうね」

「お父さんは、〝ある人たち〟のことを信じているんでしょ? いつもそうだけど、お父さんて不可能が可能だって言ってる人たちのことばかり信じるわよね」

「どちらかと言うとそうだね」父親はそう言うと笑った。

「でも、それが乗り物かなにかだとしたら、運転している人がいるわけ?」

「そのことは、三月にわかると思う」

「三月になにが起こるの?」

「そのとき、自分の目で確かめることになる。そこには地球と同じように生命体がいるかもしれない。あるいは、ロボットしかいないかもしれない。可能性はたくさんあるんだ。それは、遥か遠くから操作されているかもしれない」

「別の太陽系から？」

「たとえばね」

「どうしてここにやって来るの？」

「もしかしたら、ここにはやって来ないかもしれないし、これっぽっちもぼくらに興味を持たないかもしれない。それはただ、ぼくらを通り過ぎていくだけかもしれない。まったく別の、もっと遠くの場所に用事があるのかもしれない。たまたまこの辺境の地を通っていくだけなんだよ」

「そのときは、わたし、どこか高い場所に行く。高層ビルの屋根に登ってみようかな。そして、ちらっと見るのよ。もしだれかがこっちを偶然にも見下ろしていたとするでしょ、そうすれば、わたしたちだって存在しているってことがわかるもの」

「そうしてみるといい」

鏡が語らないもの

Mitä kuvastin ei kerro

小さいころ、リディアはソファーで昼寝をしていた。ソファーの足元には鏡が置いてあった。眠りに就こうとすると、頭でっかちの落ち着きのない生物をよく目にした。その生物は鏡の向こうからのぞきこんでいた。人間でもなく、リディアが知っているような動物でもなかった。それはちらちらとリディアに視線を送っては、聞いたことのない言葉をしゃべっていた。そのときはなにを言っているのか理解できたのに、リディアが大きくなるにつれ、生物は姿を消し、二度と現れなくなって、生物の言葉も忘れてしまった。

リディアが鏡で遊ぶのが好きなのも、おそらく、その生物のせいだろう。初めは自分の目であるということを知らずに鏡をじっと見ていたけれど、やがて鏡を手にして部屋中を歩くようになった。前は見ずに、ただ鏡だけを見て、物にぶつからないように気をつけて歩いた。それがリディアにとっての楽しい遊びだった。

ほかの子どもたちが運動場でボール遊びをしていても、リディアはひとり小さな手鏡を持って道路や公園へ行った。そのときは自分の目を見ていたわけではなく、手鏡に映る空や雲、煙突や木々の葉末《はずえ》を眺めながらうろうろと歩き回っていた。直接見るよりも、そんなふうに見るほうがずっとおもしろいと思ったのだ。

鏡を通して見た世界は、鏡に反射する世界とすこしも変わらない。でも、同じものではない。鏡の表面で変化が起こる。それは左から右へ、右から左へ方向を変える。鏡に映る家や手や木を、もとの家や手や木に置きかえることはできないのだ。

リディアが十五歳の誕生日を迎えたとき、プレゼントに大きな鏡をお願いした。父親は、リディアが望むものを注文した。長さ二十メートルの支えがついた鏡だった。鏡を海に沈めて、上げたり下げたり、引っくり返したり、傾斜を海岸から調節できるようにしたりした。

リディアは海岸に座って、鏡の角度をいろいろと変えてみた。鏡の中の波や、空に浮かぶ雲を見た。雲のない夜には、鏡の中に星が何光年もの彼方からきらきらと煌いた。珍しく凪《な》いだ日は鏡を海面の方へ向けた。すると、二枚の鏡にそれぞれの深遠が映るのだった。どちらの鏡を見ても、同じ無限が広がった。

満月の夜には、きれいな鏡を月の鏡像に向けた。月は太陽を映し、海は月を映した。リディアの鏡の中で反射が反射を呼び、見ている自分の目も光で満ちるのだ。そんな夜を鏡の夜と言った。

スレヴィも海岸にやって来て、リディアの隣に座った。

「ねえ、わたし、ときどき変だなって思うの。鏡の中の世界が、鏡の表面のこっちの世界と変わらずほんもので現実だってことに。鏡の向こうにあるものはすべて模倣されたものだって、わたしたちは思っているけれど、あっちの人たちも同じことを思っているのかもしれないわ」

「まじめに言ってる？」

「まじめよ。いつも鏡に目を向けると、もう一人のリディアが鏡からこっちのほうをどんなふうに見ているのかが見えるの。わたしたちの世界があっちの世界の反射であって、彼女こそがほんもののリディアだって、きっと思っているんだわ」

「鏡は鏡にすぎないんだ。そんなことは忘れなよ。なんの秘密も隠されていやしないんだから」

「思うんだけど、どの鏡も別の世界への入り口なのよ。でもね、わたしだって、こっちの世界ではほんものなのよ。どうやったら鏡の中のリディアに信じてもらえるのかしら。だって、わたしが鏡を置くのと同時に彼女も置いてっちゃうのよ。だから、わたしのことも、こっちの世界も、彼女にはもう見えなくてわたしは自分が存在していなかったかのように消えちゃうの」

リディアは真顔で言った。

「好きなように思わせておけばいいさ。ぼくにとっては、きみはきみで、きみだけが本当でほんもののリディアなんだ。ぼくの前からいなくなることなんて、絶対にない」

「わたしは彼女の鏡で、彼女はわたしの鏡」リディアは思いを巡らした。

二人のリディアは鏡を挟んだ両側で考える。なにが本当でなにが本当でないのか、どうやって二つを見わけるのか。

「頼むよリディア、鏡のことは忘れて、ぼくのことを考えてくれよ。鏡は、ぼくがきみに言うことを言えないんだよ」

「なあに、言ってみて」リディアは鏡のことを忘れた。

スレヴィの日

Sulevin silmät

毎朝、スレヴィはきちんと朝食をとり、その日の新聞に目を通す。そしてまた新聞はやって来て、朝食が待っている日が巡ってくる。朝食はおかゆとコーヒーとオレンジジュースだ。その日の新聞には、税制改革や低気圧やハンマー投げ選手のアキレス腱についての記事が載っていた。

目を休ませるために新聞から顔を上げたときだった。目に映るすべてのものが意味ありげに変化した。おかゆ用のスプーンを握っている自分の右手が、以前とはまるで違って見える。とても複雑で、肉体としての手に加えて、無数の幻の手があるように感じたのだ。

ぞっとして、スレヴィは左手で右手を確認した。いつもと変わりないように感じるのに、やはり違っているように見える。右手だけじゃなく左手もなんだか様子がおかしい。でも、なにも起こってはいない。起こったのは彼の目だった。触れずして変化が起こったのだ。

夜明け前の秋の日のことだった。スレヴィが住んでいる最上階の台所の窓からだだっ広い国道が見える。車のライトに目をやると、ライトは個々の光の点ではなく、長い露出時間で撮られた写真のように皓々《こうこう》と交差する帯に見えた。

スレヴィは表へ出た。道路を挟んだ向かいの運動場では、男の子たちがボールを蹴っている。きっとサッカーだろう。ただ、スレヴィの目には、ボールではなく綿々と続くマカロニのように見えた。それは次から次へと結び目をつくって絡みついていた。

男の子たちはもっと奇妙に見えた。どの男の子も男の子の列から成っていて、その列は長くなる一方で、乱れては交差した。

スレヴィは目をぱちぱちとしばたたかせた。怖かったのだ。こんな光景は普通じゃない。そのことは、自分でもわかっていた。病院に行かなくては。新しい目に慣れていないせいで足どりがおぼつかない。よろめきながらもスレヴィはなんとか眼科を見つけた。

「どうされました?」眼科医が尋ねる。

スレヴィは症状をひとつひとつ残らず話すと、医者は目に小さな明かりを当て、眼圧を測った。そして、壁に掛かっている板の文字を読むように言った。文字はさまざまな方角を示していた。

「先生、どうなんですか。どこが悪いんですか?」

「目にはどこにも異常はありません。どうやら必ずしも目が原因というわけではないように思いますよ。もっと、ずっと深い部分に問題があるんです。いいですか、わたしたちは目だけで見ているわけではないんです。人間全体で見ているんですよ。脳で、記憶で、そして、心で」

「それでは、ぼくのどこが悪いんでしょうか？　人として、ですか？　それは深刻ですか？」

「あなたは病気でもなんでもないんです。これで死ぬことはありませんが深刻でしょうね。でも、原因がなんなのかということに関しては、わたしにはわかりません。ただ、あなたには時間が見え始めたんでしょう」

「どうやって？」

「まさにそうです。ほかの人たちとは違って、あなたにはいくつもの次元が見えるんですよ。それだけです」

「それだけ？」

「まあ、もちろん奇妙に感じられるでしょうね。こんなケースを扱ったのは、わたしは初めてですよ」

「なんとかして取り除くことはできませんか？　ぼくは別に時間なんて見たくはないんです。だって、ほかの人にはそんなの見えないのに。なんだか、自分だけ違う人みたいで。わかりますよね、先生。先生、なにか良い目薬はありませんか……」

「そんな薬はありません。だれも持っていませんよ。慣れるように努力するだけですね。さらにひどいことになっていたかもしれないし。もっとずっとひどいことにね。ただ、他の専門医の相談を受けたいというのであれば……。だれもあなたのようなケースに精通している人なんていないと、わたしは思いますが」

「きっと、手術すれば良くなるんじゃないんですか。その部分だけ、時間が見える部分だけ目から除去したらどうでしょうか」

「手術……いやあ、わたしはしませんよ。だって、悪いのは目じゃないんですから、そう申し上げましたよね。欠陥でもなんでもないとしたら、もっと深い部分です。わたしは欠陥とは呼びませんし、手術でも直らないでしょうね。それは新たな特質、とでも言いましょうか。世界を見つめるあなたの方法ですよ。そんなふうに前向きに思えば、気が楽になると思います。誇りすら持ってもいいくらいですよ。それがわたしに言えることです。あなたには他人とは違ってたくさんのことが見える、それはたぐいまれなことですよ。他にない特徴です！」

スレヴィは黙って聞いていたけれど、ちっとも嬉しくなかった。不安は依然としてあった。欠陥であれ新しい特質であれ、取り除いてしまいたかったのだ。

「もちろん、自然と治癒することもありえますよ。我慢してください。過度にストレスを感じているだけではないですか？　時間をかけて慣れればいいんです。ただ、わたしとしては、このケースについて評価の高い科学雑誌に記事を載せたいんですけどね」

「どうぞ」スレヴィはそう言うと、お礼を言って診察代を支払った。

スレヴィは、新しい特質とともに家に帰った。眼科医はスレヴィのケースについて、評価の高い科学雑誌に記事を載せ、いくぶんか注目を集めた。スレヴィに無料でその雑誌が送られてきた。そこには、スレヴィの目の写真があったが、いたって普通の目だった。ほかの人と違ったふうに世界が見える目のようには、まったく見えなかった。

スレヴィは、目が以前の状態に戻るのをじっと待ち続けた。けれども、時間だけが経つばかりで目の状態はいっこうに変わらなかった。やがてスレヴィは待つことをやめた。時間を一度でも見たものはずっと見続けるということがわかったからだ。

動くものすべて、老いていくものすべて、世界に跡を残し、スレヴィはその足跡を見る。それは以前とまるで違う。雲を見て、雲の以前の状態を見る。夜には、星たちの何光年にも渡る旅路や天蓋に描かれる月の轍《わだち》を追う。鏡の中の自分にちらりと目をやると、鏡は目で溢れ返っている。疲弊して、透きとおった目。涙に濡れ、煌めく眼光を湛えた、懐かしむような目。

スレヴィには人びとの過去が見えた。現在の顔の向こうに、いくつもの昔の姿が見える。どの人もこんなに多様でありながら、一人で唯一なのだ。スレヴィの頭は混乱して、ひどく疲れた。

ある日のこと、スレヴィは見覚えのある姿に出会った。それがリディアかどうか確信が持てなかった。ただ、リディアはもうスレヴィのことを覚えていないということは確かだった。けれども、リディアの目の忘却の中に、わかち合った二人の幼少時代が見えた。それはまだそこにあった。そしてこれからもずっと残ってゆく。

太陽の子どもたち

Auringon lapsia

ショーウィンドウの光

Näyteikkunoiden valo

スミレはよく通学路の店のショーウィンドウで道草をする。朝はぎりぎりに起きるので時間がなく、寄り道するのはいつも帰りだった。つい見とれてしまうのはケーキ屋だ。毎日、デコレーションケーキが一つと、焼きたての焼き菓子がずらりと並ぶ。お気に入りはまんなかにチェリーが載っている丸くて白いメレンゲのケーキと、バラで飾りつけされた若葉色のマジパンケーキだった。

おいしそうなケーキを目の前に、思わずよだれが出そうになる。

(どっちがいいかね？　メレンゲケーキかい？　それともマジパンケーキ？　まずは中に入ろうか、なんてだれか言ってくれないかなあ。でも、そんな人はこの町にいないわね。今まで言われたことないもん)

つぎに立ち止まるのは本屋だ。本屋には文房具も置いてある。スミレは、新しいペンケースやクレヨンをもっとよく見ようとガラスに鼻を押しつけた。クリスマスプレゼントにサクラクレパスがほしかったけれど、もらったのは地元ポルヴォーのクレヨンで、ポルヴォーの色はサクラよりさえなかった。クレパスの隣にあった本も気になった。『かべの国のひみつ』と『月にふく風』だ。どちらも読んでみたいと思ったくらい、特別な感じがした。本屋の隣はランジエリーショップで、発砲スチロールを詰めたペチコートとブラジャーが飾られていた。母親に、水色と白のストライプのブラジャーがほしいと言ったら、早くて二年後ね、と言い返された。

　肉屋には立ち止まらない。見とれるどころか目を逸らす。クリスマスのころになると、店先にリンゴをくわえたブタの頭が飾られる。春になってもブタの頭はまだあった。ブタは目をつむり、リンゴと違って青ざめていた。

　町中でいちばん美しいショーウィンドウは花屋だった。とくに暗くなる秋や冬の夜には、小《こ》糠雨《ぬかあめ》や雪にまぎれて小さな夏のように光り輝いていた。

　花屋は、コーヒーポット通りとナプキン通りの角にあった。スミレの家の向かいだ。切り花のほかに観葉植物や植木鉢や土も売っている。スミレは、母と叔母と叔父と祖母の五人暮らしで、アパートの四階に住んでいる。台所の窓から見える花は季節ごとに変わるのに、ソテツだけは昔からずっと変わらずショーウィンドウの王さまのようにそこにあった。祖母が若いころから花屋はあるらしく、そのときはまだ小さかったソテツのことを祖母は覚えていた。

花屋の店主ミス・ホルスマは二代目だ。花屋には名前もある。「七本の花」だ。秋から春にかけて、店は毎日開いている。日曜日ですら二時間くらいは開けている。春にはチューリップやサクラソウが、母の日や終業式のころには赤いバラ、秋にはヒースや菊、クリスマスにはヒヤシンスやバラやシクラメンが店に並んで、匂いに酔いしれる。

「ミス・ホルスマって、ちょっと変わってるわ」母が言った。

「ちょっとヘンよね」叔母も頷いた。

「どうヘンなの?」スミレは気になった。

「店に行くと、なにやら扉の向こうから話し声や笑い声が聞こえるんだけど」母がここまで言うと、叔母が続けてこう言った。

「中に入ってみるとだれもいないのよね」

「だれもいないわけないよ！　花を忘れてもらっちゃ困るねえ。花も子どもも話しかけられて大きく育つんだから」祖母が言った。

花屋の使い

Kukkakauppias ja häinen lähettinsä

ある五月の日曜日、叔母に使いを頼まれた。

「スミレ、ちょっと七本の花屋まで行ってきてくれない？　素焼きの鉢がほしいのよ。ゼラニウムを挿し木しようと思って」

スミレは花屋の扉の取っ手に手をかけると、母と叔母の話を思い出し、中に入ることをためらった。

（ミス・ホルスマって、ちょっと変わってるのよね）

たしかに中から話し声が聞こえる。柔らかくて低い声で、はっきり聞きとれなかった。スミレが扉を開けると、話し声はぷつりと途切れた。店内にはミス・ホルスマ以外にだれもいない。もちろん花をのぞいて。花の香りは、まるで焚きこめた香のように鼻をつき、スミレは目眩がした。

「いらっしゃいませ」

「素焼きの鉢がほしいんですけど。ほんとに普通の、かなり小さいものをひとつ。おばさんのゼラニウムに」

「かしこまりました。ごくごく普通で小さい鉢はこちらになります」

鉢の支払いを済ませたスミレに、ミス・ホルスマがこう聞いた。

「あなたの名前はなんだったかしら?」

「スミレです」スミレはもじもじしながら言った。

「そうそう、そうだったわ。どうして思い出せなかったのかしら。あなたの目の色を見ればすぐにわかるのに。もちろん赤や白や黒のスミレもあるけれど。家はこの近く? 以前も見かけたことがある気がするわ」

「あそこ」スミレは向かいの窓を指さした。

「ねえ、スミレ、今週、学校が終わったら花の使いをしてもらえないかしら? すこしだけどお小遣いの足しになるわよ。バイトの男の子が足首を捻挫しちゃったの。税務署の屋根でローラースケートをしていたら木に落ちたらしいのよ」

「いいわ」スミレは胸を弾ませた。

「でも、まずはお母さんに聞いてみなきゃ。それからおばあちゃんにも」

スミレの家では、とくに大事な話は祖母が決定権をもっていた。

「ぜひ聞いてみて。スミレっていう名前は、それこそ花屋の使いにぴったりよね」

花屋の使いは、楽しくて大切な仕事のように感じた。スミレは、誕生日に自転車をもらったばかりだった。消防車のように赤い色で、ハンドルにヤナギの籠がついている。植木鉢や花束だったら二つくらいは入るだろうし、運ぶのも楽だ。それにお金ももらえるなら、本屋でサクラクレパスと『月にふく風』が買えるかもしれない。

家に帰ったスミレはさっそく母に聞いてみた。

「ダメよ」

すると間をおかず叔母も言った。

「ダメ」

母と叔母は双子の姉妹で、言うこともやることもいつも一緒だ。ただ、母が先に生まれたから、話すのも先なのだろう。二人とも瓜二つで、遠くからだとどっちがどっちかわからなくなるときがある。

「いったいどうしたんだい？」祖母が台所から声をあげた。

話を聞くと、祖母もダメだと言った。ところが、叔父は違った。

「せっかく仕事がどんなものかわかるのに、これがどうしていけないんだ?」

叔父は深夜も働いている。鉄道駅で警備の仕事にあたり、午後は道路と公園の清掃をしていて、仕事とはどんなものなのか知っているのだ。母や叔母や叔父や祖母は、「でも」とか、「もしねえ」とか、「まあ、そりゃあ」と語を継いだ。

「でも、わたし、花屋のお使いがしたいの」

「勝手なことはさせません。スミレのしたいことはお母さんが決めます」

スミレは泣きたくなるくらいかっとなった。

(なによお母さんなんてエプロンすら使ったことないくせに。せいぜい、おばあちゃんがカレリアパイを焼くときくらいじゃない)

すると、とうとう祖母が折れた。

「まあ、やらせてあげようか。ただし、今週だけだよ」

母と叔母が口を揃えて児童労働だと言ったけれど、スミレは一週間、七本の花屋の使いをすることになった。

月曜日の花

Maanantaikukka

「おばあちゃん、今から花屋に行ってくるね」

スミレは玄関先で叫ぶと、カバンを中に放り投げた。その日は朝からずっと花屋の使いのことを考えていた。どこにどんな花を届けるのだろう？　学校が終わって、ケーキ屋のショーウインドウにすら寄り道せずに帰ってきた。

「シーッ！　おじさんが起きちゃうだろ。まずはサンドイッチでも食べていきな」

昼間、家にいるのは祖母と叔父の二人だけだ。母親と叔母は織物工場で働いている。直線縫いをしたり、ボタンホールを縫ったりすると母が言っていた。

叔父は午後から明け方まで働いているので、昼間に眠る。朝、スミレが起きるのと同時に、叔父は床に就く。

スミレは、チーズとハムを挟んだサンドイッチをがぶりとかぶりついただけでご馳走さまをした。それくらい花屋に気持ちが焦っていた。

花屋の扉を開けると、ミス・ホルスマがツツジでドライフラワーを作りながらやさしく話しかけていた。

「ここといあそこと、それからあそこもとりましょうね。なんにも心配しなくていいのよ。これからきれいになるんだから」

「こんにちは」

「来れたのね、うれしいわ！　ねえ、いいことを考えていたのよ、なんだと思う？」

「わかんない」

「今日はね、花は売らないでおこうと思うの。かといって、花屋はお店だものね。お金を出す人は物がもらえるわけだけど、花は物じゃないわ。だから、お客さんには、『わたしはあなたがたには売りません！』って言いたい気分なの。花というのは売るべきものじゃない。育てるものであったり、贈るものであったりするべきなのよ。花が買われると心配になるの。水は十分にもらえるかしらとか、日当りのいい窓際に置いてくれるかしらとか、日陰に置かれたりしないかしら、花の美しさや香りを楽しんでくれる人はいるのかしらとか。お客さんの顔を見れば、わかっている人とそうでない人はすぐにわかるわ。だから、きちんとわかっている人に花が渡りますようにって願うのよ」

「わかってるって、なにが?」

「花は生きているってこと。スミレも忘れないでね」

「もちろん。生きているのは花だけじゃないと思う。生き方は人間とちょっと違うけど、物はすべてそうだと思う」

「そうかもしれないわね。でも、造花とちがって花は作られたりしない。どの花にもそれぞれ個性があるの。この世界に一つとして同じ花はないわ。この世に二人のスミレがいないようにね。だれも花を作ることなんてできないの。花屋に置いていない花だってそうよ」

「作れないの?　王さまですら?」

(今までそんなこと考えたこともないわ)

「王さまができることってほんのわずかだと思う。聞かれたらわたしはそう答えるわね」

ミス・ホルスマはいろんなことを知っていた。そのどれもがスミレにとって初めて耳にすることばかりだった。

「いいえ、聞かれなくてもそう答えるわ。さて、最初の花をお願いしようかしらね」

「あっ、そうか。どれを届けるの?」スミレはすっかり忘れるところだった。

「これよ。チューリップを一輪」ミス・ホルスマはスミレに鉢植えのチューリップを手渡した。

　スミレはチューリップを見た。こんなに目を凝らして花を見つめたのは初めてだった。開きかけた花びらの縁は金色を帯び、上質の絹のように透けていて、内側から柔らかい光を放っていた。

「ここに届けてほしいの」ミス・ホルスマが住所を差し出した。

「ここから遠くないわ。ほんの二町先といったところかしら」

　スミレは最初の花を自転車のヤナギの籠に載せると、ペダルを踏んだ。自転車は、まるで春風に吹かれたヨットのように軽やかに走り出した。

（今、わたしは仕事をしているんだ）

　スミレは、仕事をすることがこんなに楽しいことだとは知らなかった。

　しばらくすると、寂れた小さな家が道の向こうに見えてきた。おかしなことに家の外壁は膨らんでいるように見える。

（なんだか生き物みたい）

　しかもうるさい家で、叫んだり、泣いたり、笑ったり、くしゃみをしたり、咳をしたりする。窓もドアもバタンバタンと大きな音を立てて開いたり閉まったりして、なんとも奇妙な家だった。

家に近づくにつれ、スミレはぎょっとした。小さい子から大きい子までひしめき合って窓から顔をのぞかせている。はしごで屋根に登ろうとしたり、屋根の上で跳びはねたり、家の周りを走ったり、家の前の大きなカエデに登ったりしている子もいた。とにかくどの子も好き勝手に騒いでいた。

スミレは自転車から飛び降りて、傾いた塀に立てかけた。勝手口がわずかに開いていたので、そっと中をのぞいてみると、台所も子どもで溢れ返っていた。押しあいながら大鍋をつついたり、座れずに立ったまま食べたりしている子もいた。

「こんにちは！」

スミレが声をかけると、子どもたちは頬張りながら言った。

「こんにちは！」

「だれ？」奥から苛立った声がした。

「女の子！」戸棚の上でお玉を舐めている子どもが答えた。

「また子ども？　なんの用か聞いてちょうだい」

「なんの用？」いちばん上の男の子が聞くと、九人の弟や妹がすぐに続いた。

「なんの用？」

「花のお届けものです」スミレは恥ずかしそうに切り出すと、今度は誇らしげにもう少し大きな声で言った。

「花屋の使いです」

「花がきたよ！　花屋の使いだって！」子どもたちが声を揃えて言った。

「どうぞ」あいかわらず奥の声は厳しかった。

スミレが奥まで進むと、逞《たくま》しい女の人が見えた。小さなベッドに胸をはだけて寝そべって、赤ん坊におっぱいをあげている。

「こんにちは」スミレは膝を曲げて挨拶した。

「花ねえ」女の人はいきなり呟いた。

「パンのほうが助かるのに。気がきかないわね。まさか花なんてねえ。あたしたちは蜜蜂ってこと？　蜜を吸う管がついてるのかしら？　ねえ、どうなの？」

「わかりません」スミレは小さく答えた。

「ついてるわけないわ。でもパン屋でなくて花屋の使いなのよね」

「はい、そうです」スミレはおそるおそる言った。この瞬間だけパン屋の使いになりたいと思いながら、泣きそうになった。

「人間は花じゃなくてパンで生きてるのよ。それが真実。聖書にだってそう書いてあると思ったけど。とにかくどうもありがとう。そりゃこの子にはパンはまだ無理だけど、吸うのは蜜じゃなくてミルクなのよ」女の人はおっぱいを飲ませている赤ん坊を指さした。

「箱を開けてナイトテーブルに置いてちょうだい」

スミレは白い紙に包まれた箱を開けた。

「だれから？　メッセージカードはある？」

「はい、あります」

「なんて書いてあるか読んでちょうだい」

「出産おめでとう。パパより」

「パパですって！」女の人の声が一段あがった。

「カードに住所は？　パパとやらに話があるのよ……」

スミレはカードを裏返しながら、住所も電話番号も書いていないことを言った。

「やっぱりね。いつだってそう。こうやって都合よく逃げてばかり！　そんな花は捨ててちょうだい！」

スミレは思わず、どこに？　と聞こうとすると、小さい女の子が駆け寄ってきた。

「うわぁ、きれいな花！　ママ、おにわにうえていい？」

女の子は両手で鉢を抱えながら太陽のもとへ駆け出した。

火曜日の花

Tiistaikukka

「ちょっと嗅いでみて」

スミレが花屋の扉を開けると、ミス・ホルスマがいきなり枝をぐいっと鼻先に突き出した。枝には、ピンク色の小花がふわりと咲いている。

「うわぁ」スミレは声をあげると、深く香りを吸いこんだ。

「なんの枝?」

「桜よ。こっちはなんだと思う?」

ミス・ホルスマはカウンターに鉢を載せた。鉢は、トランペット状の白い花で満開だった。スミレは一輪に鼻を突っこむと、気が遠くなるまで思いきり嗅いだ。えもいわれぬ匂いにスミレは目を閉じた。

「こんな上等な香水はお店で買えないわよ」

「花はどうして匂うの?」

「いい質問だわ！　香りは花の魂なの。言ってみれば香りは花の言葉ね。客を呼ぶ手段よ。こっちに来て！　中へどうぞ！　話でもしませんか？　ご馳走しますって。でもね、花の客は人間ではないの。だって、摘まれたくないもの。自分のためになる生き物を呼ぶの。蜂や虻《あぶ》や蝶や昆虫よ。呼んで受粉してもらうの。受粉よ！」

（それって、はたきみたいなものかしら。お母さんが窓際や本棚の本の埃を払うときに使っていたっけ）

「客をたくさん呼びこめば、それだけ広く自分の一族を残すことができるでしょ。しかもだれも損をしない。花も客も訪れから得をする。スミレの質問の答えになっているかしら？」

「ええ、ありがとう」

「ほかに質問は？」

「ええと」

「花が美しいほど、毒性が強いのはどうしてだと思う？　たとえば、このトランペットみたいなチョウセンアサガオがそうよ」

「どうして？」

「そうなのよ！　今日の二番目のいい質問ね！　美しさはなにか余計なものだと考えている人

が多いけれど、そうじゃない。命を繋げていくために美は欠かせない。美は自然の摂理なの。でも、美は厳しくて危険でもあるわ。地上で誘惑するものの中には、美を滅ぼすものもいる。だから美しさの中には、すくなくとも一滴の毒があるの。さっ、仕事に取りかかりましょう！」

「今日はなにをするの？」

「今日は二ヶ所に届けてね。だれも行きたくない場所なんだけど」

スミレは不安になった。

「行きたくない場所って？」

昨日の無愛想な女の人のことも思い出し、あやしい仕事のように思えてきた。一日しか働いていないのに、スミレはもう辞めることを考えていた。

「一つは病院で、もう一つは刑務所よ」

スミレはごくんと息をのんで青ざめた。

「心配いらないわ。スミレは花屋の使いなんだから。この仕事は、いろんな花や人と知りあいになれるの。そうしてだんだんと花や人を見る目が育つのよ。幸せな人、不幸な人、健康な人、病気の人、若い人、お年寄り、愚かな人、賢い人、自由な人、捕まった人。どんな人であれ花を届けることになるわ。今日は、まず病院に行ってくれる？　病気かもしれない夫人の名前の日〔キリスト教圏では、一年のすべての日にキリスト教の聖人にちなんだ名前が振りあてられていて、その名前の日と同じ名前の人を誕生日のように祝う地域がある〕なの。夫人はね、血液検査、レントゲン撮影、心電図って、とにかく検査づけなの」

「どこが悪いの？」

「そうなのよ、どこなのかしら。病院中を駆け回って診てもらうんだけど、どの先生もお手あげなの。すくなくともこの町では。珍しい病気をいくつも患っているのかしら。一つであっても、重い病気でしょうね」

「それって移るの？」スミレはすこし不安になった。

「大丈夫よ。ノイローゼだから」

「その人は花が好きかしら？」

「大好きよ！　花をもらうために入院しているんじゃないかと思うときもあるくらいよ」

「好きでよかった！　おなじ届けるのなら、花を愛している人のほうがいいもの。今日の花は？」

「桜の枝一本とチョウセンアサガオを一輪。夫人の古くからのお友だちから、よく香る花の注文があったの。アロマセラピーを試してみたいんですって。すばらしい提案よね。香りが効いたら、夫人はすっかり元気になるわよ」

「香りで?」

「ええ、そうよ。いいものにはすべて治す力があるの。病院の後は、刑務所に花束をお願い。八号室の受刑者へ。紫のアヤメ、ジャーマンアイリスよ! すてきねえ!」

いちばん外側の花びらには、トラのような黄色と黒の縞模様がある。灰味がかった緑の葉は扇子のように伸び、一本一本が剣のようだ。

「でも、気が進まなかったら、肉屋の息子さんに頼んでもいいわ」

今まで刑務所も受刑者もスミレは見たことがなかった。怖いけれど興味もあった。

「大丈夫。届けてくる」

まずは桜とチョウセンアサガオを、病気かもしれない夫人に届けることにした。大きな病院だったので、夫人を探し当てるのに時間がかかった。花束を抱えて病室や病床の患者を訪ねまわりながら、町にこんなに病人がいることを初めて知った。

夫人を探しながら、スミレは将来のことを思った。夫人やみんなを治してあげられるような腕のいい医者になったら、病院を取りこわして、映画館か図書館かプールにしたいと思った。

ようやく探し当てた夫人は、患者にしてはかなりぴんぴんしていた。夫人のナイトテーブルには花瓶がいくつもあって、花屋でも開いているようだった。

「ちょっと匂いを嗅がせてちょうだい」夫人は桜に鼻をうずめた。

「ああ、いい匂い！　フィアンセと初めてキスしたのは桜の下だったわ！　なんだかまた若返ったみたい！　でも、こっちの白くて大きいのはなんの花？」

「チョウセンアサガオです」夫人に教えることができてスミレは得意げだった。

夫人はもうすっかり元気そうだ。

「こっちもほんとうにいい匂い！　花は今までにたくさんもらったけれど、こんな花は初めてよ！　病気にもたくさんかかったわ。あなたには想像もつかないでしょうね。教えてあげるから、まずは座って。なんの病気か知りたいでしょ？」夫人はスミレに場所を空けた。

スミレはべつに知りたくはなかったけれど、結局、聞くことになった。

「ときどき心臓が痛むのよ。左足の小指に切られたような痛みが走ることもあれば、右足の親指がうずくときもあるの」

「かわいそう」スミレは同情した。

「おそらく、巨細胞性動脈だと思うの。クッシング症候群ってこともありえるわ。性腺機能低下症ではないようだけど、副甲状腺機能亢進症みたいな症状でもあるし、脂質血症という可能性も捨てきれないのよね。こんな特異なケースは一年にあるかないかだって、医者はみんな興奮してるのよ」

「へぇぇ」

「しゃっくりまででちゃって。ああ、いやだ！」夫人はそう言うと、しゃっくりし始めた。

「しゃっくりの数え歌でも効かないの。どんなものか知ってるわよね？」

スミレは首を横にふった。

「しゃっくり一つ稲に入って、それを一つ刈りとった。しゃっくり一つ船に入って、それによいしょと腰かけた。しゃっくり一つ、わたしは二つ、しゃっくり三つ、わたしは四つ、しゃっくり五つ、わたしは六つ……」

夫人はそのまま二十五まで数えあげ、スミレはなんとか話を切り出したくて、夫人が四十まで数えあげたとき、思いきって口を開いた。

「すみません、これから刑務所に行かなきゃいけないんです」スミレはベッドから立ち上がった。

「刑務所ですって？」

あまりのことに夫人のしゃっくりはぴたりと止まった。

刑務所は町の北にある。刑務所のレンガ塀と有刺鉄線が張りめぐらされた壁が見えてくるまで、ずいぶんかかった。壁の向こうに刑務所がある。そして、その中にやってはいけないことをした人びとがいる。外門は鉄でできていて、門前にガラス張りの窓口があり、帽子をかぶった看守がぐいっと頭を突き出した。

「なんの用だ?」

スミレは花屋の使いで来たことを告げ、包みを見せた。

「八号室の人にお届けものです」

それから中に通してくれるまで、スミレはずいぶん待たされた。

「ここで待つように」

看守はそう言うと、スミレを置いて出ていった。小さな待合室には見るべきものはなにもなく、一人にされたスミレは寂しくなった。

(ああ、はやく外に出たい。太陽を浴びて髪を風になびかせて、赤い自転車で帰りたい。でも、中にいる人はもっと寂しいのかもしれない。部屋にぽつんとずっと座っていないといけないし、春風も吹いてこないんだもん)

やがて別の看守が、頭のはげた大きな男を連れて待合室に入ってくると、自分はドアの入り口で立ち止まった。スミレの目の前に受刑者がいる。手と首と盛り上がった後頭部に刺青をしていた。スミレはいくぶん緊張したが、ちょこんと膝を曲げて挨拶すると、元気よくこう言った。

「お花のお届けものです」

「えらいこった。豚箱に花！　しかもオレにだって？　オジョウちゃん、なにかのマチガイだよ。そんなキレイな花にこんなにカワイ子ちゃんなんだぜ。どっかベツのところにちがいねえ」

「間違いじゃありません。カードにちゃんと書いてあります。刑務所八号室って」

「見せてみな！」

受刑者はスミレからアヤメをうばいとった。スミレがびくっとして後ずさりすると、受刑者がせせら笑った。

「食われるとでも思ったのか？　オレは鬼かなにかか？　いつまでも塀から出られねえ囚人だよ。長い長いケーキを味わうことになるんだ」

「長いケーキ？　どんなケーキなの？」スミレは目を丸くした。

スミレはケーキ屋のショーウィンドウに並んだ若葉色のマジパンケーキを思い出した。そして、受刑者の長いケーキも食べてみたいと思った。

「どんなって？　デコレーションケーキでもコーヒーケーキでもメレンゲケーキでもストロベリーケーキでもねえし、レーズンケーキでもチョコレートケーキでもねえ。いいかい、オジョウちゃん。そのケーキはちっとも甘くねえんだ。苦くて胃もたれする。そんなケーキをオジョウちゃんが食べる必要はねえ。ああ、神さまに誓ってもいい。それにあんなに長いもんを！」

「どれくらい長いの？」

「一生分だ。しかし、いったいだれがこんなオレに花を？　オジョウちゃん、カードをちょっと読んでくれよ。オレより目がいいはずだ」

「愛するわが子へ。お誕生日おめでとう。母より」

「誕生日……、オレはすっかり忘れてんのに、おふくろだけはいつも忘れないんだ」

受刑者は太い鼻を紫色のアヤメの花びらにうずめた。受刑者の目から零れた涙は、一滴の露のようだった。

水曜日の花

Keskiviikkokukka

学校が終わるとスミレは花屋にやって来た。今日の花を尋ねたスミレに、ミス・ホルスマがこんな話を始めた。

「この星にはね、花のない時代があったのよ」

「ミス・ホルスマがすごく小さいとき？」スミレはからかいながら聞き返した。

「とんでもない、もっとうんと前よ。白亜紀よりも前ね」ミス・ホルスマは花瓶を洗いながら答えた。

「それっていつ？」

「一億五千万年前くらいかしら。そのとき花があらわれたの。それより前のジュラ紀にあったのは、イチョウや針葉樹やソテツ。ちょうどあそこの窓際にある植物がそうよ。もっと背は高いけど。それからシダやヒゲノカズラやトクサも。古代の森は神秘的だったでしょうね。でも、だれもそれを見たことはないの。恐竜はきっと知っているんだろうけど、絶滅してしまったわ」

「ああ、わたしも見てみたかったなあ。でも、そうするとわたしは今いないってことよね。それはイヤだな」

「そうね。そうだとすると、花の使いは別の子にお願いしていたわね」

「いちばん最初の花ってなあに?」

「それはだれにもわからないの。ただ、水分がたっぷりとれる湿地帯や水辺だったことはたしかよ。それから、たくさん日の射したところでしょうね。花は太陽の子どもだから。花は、咲いて、枯れて、葉を落として、朽ちていった。そうして何千年もの月日を超えて、この星はますます美しく豊かになった。花のおかげで、私たちもこうやって生きていられるのよ」

「花がなかったら、人間はいないの? 花って、そんなに大切なの?」スミレは目を丸くした。

「私はそう思うわ。花屋らしいでしょ?」

「今日はどんな花をどこに届けるの?」

「今日は花じゃないの。一本の木をお願いするわ。その木はまさに花のない時代に生まれた木よ」

「えっ？　いったいどんな？」

　スミレはそれほどの木は自転車では運べないように思った。

「スミレもよく知っている木よ。あそこにある古いソテツなの」ミス・ホルスマはショーウィンドウの主役を指さした。

「とうとう手放す日が来ちゃったわ。市議会からの注文でね、市長の誕生日祝いに、市役所で盛大なレセプションが催されるらしいの。そこには偉い人や名高い人が大勢呼ばれているのよ」

「ミス・ホルスマも？」

「まさか。私は偉くないもの。そこでね、スミレに行ってきてほしいの。エスコートはソテツにしてもらいましょ」

「でも、ソテツなんて運びきれない」

「それはそうね。トレーラーをつければ大丈夫よ。市役所に着いたら警備員さんが出迎えて中まで運んでくれるわ」

「市長さんは何歳になるの？」

「六十歳よ」

「六十！　そんなに！」

「ソテツに比べればたいしたことないわ！　だって、ソテツは三億歳なんだから」

「えっ、ほんと!?」

ショーウィンドウのソテツがいきなり尊いものに思えた。

「あのソテツのことじゃないわよ。でも古いことは古いわ。つまりね、ソテツという植物が三億歳で、最古の木の一つだってこと。生きた化石ね。スミレ、ちょっと手を貸して！」

ミス・ホルスマは、ソテツの鉢を金色の紙で包んだ。

「なごり惜しいわ。でも、いい値を支払ってくれたのよね。ちゃんと面倒を看てくれたら、ソテツは市長より長生きするわ。大きな鉢に植えかえてくれるかしら？　それを市長がわかってくれるといいんだけど」

スミレは生きた化石を自転車につけたトレーラーに載せて市役所に向かった。階段前の通りに自転車を停めていると、正装した人がぞくぞくと会場に入っていく。すると、警備員がスミレに声をかけた。

「こんなに小さいのに、よくこんなに大きいものを！　疲れただろう。さあ、中に入ってジュースで乾杯しておいで」

「でもわたし、ドレスも着てないし、招かれてもないわ」

「そんなことだれも気づかないさ。それで十分華やかだよ」警備員はソテツを抱きかかえた。

スミレは警備員の後について御影石の階段をのぼり、開け放たれた正面玄関から中に入った。

会場は、正装した招待客でごった返していた。彼らがミス・ホルスマの言っていた名高い人たちなのだろう。

(どうやってみんなは名前を高くしているんだろう)スミレは招待客に混じって考えた。

「子どももいるぞ。どうやって入ってきたんだい?」スミレの隣にいる黒服の男性が言った。

「生きた化石のおかげです」

「シーッ! なんてこと言うんだ。さあ、市長のスピーチが始まった」

背の低いずんぐりした男性が咳払いした。

「会場にお越しのみなさん、今日はようこそおいでくださいました。愛する町の舵を取ってきや幾星霜《いくせいそう》、岩だらけの海を渡り……」

こんなふうに市長はしばらく話し続けた。スミレはまだジュースすら飲んでいなかったけれど、スピーチが終わった隙に会場を出ようと思っていた。ところがすぐにつぎのスピーチが始まって、タイミングを逃してしまった。

「市長から引き継いだ精神……私たちの町の未来……国民全体の利益……市長が示された道を進み……」

市長が示した道よりも、スミレは出口を知りたかった。ところがあまりの人でなかなか身動きがとれず、またつぎのスピーチが始まった。

「話は遡《さかのぼ》りますが、市長が就任したばかりのころの追加予算や規制の進展についてお話したいと思います」

会場から、咳払いや溜め息が漏れた。

（ああ、お腹空いた。つまんないし、眠たくなってきちゃった）

外に出たくても、スーツやドレス姿の紳士淑女でごった返し、それをかきわけて出口に行く気力はなかった。長テーブルにはワインやジュース、サンドイッチやケーキといったご馳走がふるまわれている。

（あっ！）

ちらりと見えたご馳走の華は、スミレがケーキ屋さんでいつも見とれている若葉色のマジパンケーキだった。テーブルにはしっかりと人だかりができていて、ご馳走はみるみるうちになくなっていった。

「準拠枠……社会の安定性……路線……ハイクオリティ……先端プロジェクト……即戦力……調和……要するに……」

話が延々と続くなか、スミレはようやくのことでテーブルまでたどり着いたものの、若葉色のケーキはもはやなく、取りこぼしのかけらとマジパンのバラの葉っぱしか残っていなかった。スミレは涙が出そうになった。それでも、残った一枚の葉っぱとジンジャークッキーを二枚とアカフサスグリのジュースを飲んだ。あちこちから楽しげな笑いが聞こえ、踊り出す人もいた。すると、いきなり会場で口論が始まった。

「どうして私の大規模な税制改革案について触れなかったのかね！」

「どうしてですって？　市長、そもそもそれは私の案なんですよ！」

口論しているのは、今日の主役と最初に祝辞を述べた男性だった。男性は、たしか市長のことを褒めちぎっていた。

「なにを言う！　市長である私に向かって！」

「それもいつまででしょうね！　市長は賄賂をもらっているようじゃないですか」

二人の周りに人だかりができ始めた。二人は上着を脱ぎ出し、声援を送る者まで始めた。誕生日パーティーがいつしか巷《ちまた》の喧嘩のようになり、スミレは怖くなった。

それでもスミレは立ち去る前に、ソテツにさよならを言いたかった。この会場の中で知っている唯一のソテツに。これからソテツは見知らぬ人に混じって、見知らぬ場所に置き去りにされることだろう。ミス・ホルスマのように愛してもらえることなく、一人寂しく見捨てられて。

ソテツはプレゼント置き場の中央に置かれてあった。そこには、波状の木目の筆箱、銀製の置き時計、赤い百合の絵もあった。スミレはソテツがなんだか変わったように見えた。目をしばたたかせて、もう一度ソテツを見た。

（やっぱり違う！）

ソテツはたしかにそこにあるのに、扇状の葉は森を覆うように広がっていた。目の前の光景は、昼間にミス・ホルスマが話してくれた古代の森そのものだった。

いったいどこからこんな奇妙な景色が現れたのだろう？　自分がまだ市役所の会場にいるのか、それとも森の奥に迷いこんでしまったのか、スミレにはわからなかった。ソテツのかたい葉がやがてスミレを覆う。スミレは鱗状の幹にもたれかかり、ソテツのしっとりとした温もりを感じた。甘い匂いが鼻をつく。ガサッ。なにかがシダの陰で動いた。すると、飛行機のようなトンボがまばゆい羽を広げてソテツの葉に飛んできた。

「いやあ、むんむんするなあ」スミレの隣で声がした。

気づくと、スミレはまだプレゼント置き場に立っていた。

「いいソテツだ！」

その声にスミレはソテツを振り返った。森は消え、トンボはいなくなり、ソテツは以前と変わらず一人だった。

花屋に戻ると、スミレはミス・ホルスマに市長の誕生日パーティでの奇妙な体験を話した。

「それはソテツの夢よ」

「どういうこと？」

「ソテツが自分の過去の夢を見たの。そこにスミレが入りこんだのだね。その夢を忘れないで！」

木曜日の花

Torstaikukat

スミレが花屋に入ると、ミス・ホルスマはバラの花束を作っていた。

「花には秘密があるのよ。花はね、沈黙という言葉でしゃべるのよ。花こそが秘密。目に見える秘密よ。今日は、美しいバラの木曜日ね」

「バラの木曜日？　バラをだれかに届けるの？」

「そうよ。みんなバラが大好きだし、たまにはもらうべきだわ。バラを愛さない人はつまらない生活でしょうね。バラは花の妃。花言葉は知ってる？」

「ううん」

「奇跡、愛、金、憧れ、感謝、情熱、神秘、無垢、気品。バラは何千年も前から栽培されていて、どんな色でもだいたい揃ってるわ」

「黒も？」

「ええ。黒いバラを受け取った人は、未知のことをこれから知ることになるわ。黒は死を意味するの。それはだれもまだ経験したことがないってことよね」

「これから黒いバラを届けるの？　そんなのイヤだわ」スミレはぞっとした。

「いいえ、赤いバラだけよ」

「よかった。だれに？」

「一輪は大学生に。花束はミス・アーバンに。ミス・アーバンには十本の赤いバラが毎週木曜日に贈られるの」

「ミス・アーバンってだれ？」

「去年、町の美人コンテストで優勝した人よ。審査員から見たら彼女がもっとも美しかったのね。でも、今年はもういちばんじゃない。今年はまた新しいミス・アーバンが選ばれたから。さあ、枯れてしまうといけないから、まずはこの一輪をお願い」

高校を卒業したばかりの若い学生は、株式仲買人を目指していて、大学では経営を勉強するという。

「あら、バラ？　どうもありがとう。できればバラの絵の目録のほうがうれしいんだけど。絵の中のバラのいいところは、枯れないことよね。それに目録には現金もついてくるし。貧乏学生には必要なのよ。バラと違って、それを投資してお金を増やすことができるでしょ」

「でもバラはお金よりもきれいだと思います」スミレはおずおずと言った。

「そう？　じゃあ、このバラはあなたにあげる。どうぞ。バラはイヤっていうくらいもらったのよ」

「いいんですか？」

スミレは卒業したわけでもなく、名前の日でも誕生日でもないけれど、うっとりしながら赤いバラを受け取った。ミス・アーバンのバラを取りに花屋に戻ると、ちょうど花束ができあがったところだった。

「さあ、できた。十本の真っ赤なバラを毎週木曜日に。すごいもんだわ！」

「ミス・アーバンが自分で注文するの？」

「あら、まさか。彼女にはファンがたくさんいるのよ。そのなかの一人が毎週かかさず贈り続けているの。すごいわよね」

スミレはしばらく考えると、こう言った。

「とてもやさしい人ね」

「うちはね、その人と毎週木曜日に十本の真っ赤なバラを贈る約束をしたの。ミス・アーバンは、お金持ちの実業家か有名な俳優か市長が贈ってくれていると思っているみたいだけど、そうじゃないわ。贈り主はね、あの人よ！」

ミス・ホルスマは窓の向こうの通りを指さした。乳母車を押す老夫人が通り過ぎ、公園に駆け出す三人の少年がいた。反対側には、痩せて腰の曲がった青い作業服の男性が道路の清掃をしている。スミレの叔父だ。

「どこ？」

「あそこよ。もっとよく見てごらんなさい」

よく見ても叔父しかいない。叔父は疲れた様子でほうきにもたれかかっていた。

「わたしのおじさんしかいないわ」

「あの人って、スミレのおじさんなの？　ということは、あなたのおじさんが贈り主よ」

スミレはあまりのことに言葉が出なかった。

「毎週十本のバラ……安くはないわ」ミス・ホルスマは考え深げに言った。

「おじさんは仕事をかけもちしてるの。昼は掃除。夜は鉄道駅の警備員。だからおじさんはお金持ちなの」

「まあ、そうなの！　でも、お金はないと思うわ。きっと疲れているでしょうね」ミス・ホルスマは不憫そうに言った。

「おじさんにそんな人がいるなんて知らなかった」

「でも二人はお互いに会ったことはないの。あなたのおじさんは自分がファンだということを隠しているから」

「どうしておじさんはミス・アーバンにバラを買ってあげるの？」スミレにはわからなかった。

「美しいから。そして愛しているから。美と愛はひとつなの」

叔父が注文したバラの花束を受け取ると、スミレはミス・アーバンの家に向かった。玄関のベルを鳴らすと、ミス・アーバンがドアを開けた。去年もっとも美しかったミス・アーバンは、今でも十分にきれいだとスミレは思った。

「あらっ、こんどはあなたが新しい配達の子？　以前の男の子はどうしちゃったの？」

「屋根の上でローラースケートしていて、木に落ちちゃったんです」

「男の子ってしょうがないわねえ！　大人も同じだけど。ということは、あなたがいつもの花束を持ってくるのね。よかったわ。さて！」

ミス・アーバンは包みを破って箱を開けた。

「やっぱり！　わたしね、市長からじゃないかと思って、花屋に尋ねたことがあるのよ。でも、花屋はただにっこり笑うだけで教えてくれなかったの」

「市長ではありません」

「違うの？　あなたはどうやら知ってそうね。もしかして、あの企業の顧問とか？　ほら、あの百貨店グループを所有している人よ」

「違います」スミレはぼそりと言った。

「ということは、市立劇場の俳優のはずよ。若くて黒い巻き毛の、いつも初恋の相手役に選ばれる人」

「その人でもありません」

「ちょっと入って。話でもしましょう」ミス・アーバンはスミレの手をとって三面鏡台の前に座らせた。鏡にはスミレの前も後ろも左も右も映し出された。鏡台には、瓶やクリームや口紅やマスカラや香水といった化粧品がすくなくとも百はあった。なかでもスミレはマスカラを試してみたかった。ミス・アーバンのように長くて黒い睫毛になりたかったのだ。

「贈り主がだれなのか知ってるんでしょ。お願いだから教えてちょうだい。わたし、その方をお茶に呼んでお礼が言いたいの」

「ケーキもご馳走してくれますか？」

スミレは打ち明けていいのかわからなかった。でも、叔父はきっと喜んでケーキを食べるだろう。

(だって、おじさんはあんなに痩せちゃったのよ。子どものころから病気がちだったとはおばあちゃんから聞いていたけど)

「もちろんよ」

「よかった。その人はコーヒーポット通りの掃除夫です。夜は暗くて道路が見えないので、警備員をしています」

そして、それは自分の叔父であると打ち明けようとすると、ミス・アーバンがかっとなってこう言った。

「なんですって！　もうバラは金輪際お断りよ！　それから、その掃除夫に木曜のバラを贈っても無駄だって伝えるように、花屋に言ってちょうだい！」

「お茶やケーキはどうなるんですか？」

「出すわけないでしょ」

「バラが嫌いなんですか？　てっきりどんな人もバラは好きだと思っていました」

「問題はバラじゃないの。贈り主よ」ミス・アーバンは悪びれたふうもなく言った。

スミレは胸が痛んだ。

「でも、その人とは会ったこともないんですよね？　わたしはありますが、とてもいい人です」

「会ったことがなくても職業でわかるのよ！」

花屋に戻ったスミレは、ミス・アーバンのことを伝えた。

「お金なくして愛はなし。今の世の中ってこうなのよ。それをあなたのおじさんに言わなきゃならないなんて、悲しいわ」

二人が通りに目をやると、叔父は仕事を終えようとしていた。

「でも、悲しいことじゃないかも。だって、もうバラにお金をかけなくていいし、警備の仕事もしなくて済むから、夜は眠れるようにもなるもの」

「たしかにそうかもしれないわね。おじさんには、いつかわたしからお茶に呼ぶわ。ミス・アーバンの代わりにはなれないけど、濃くて甘いコーヒーをいれて、元気になってもらいましょう」

スミレは家に帰って宿題をした。その前に、母親に頼んで、青いガラスのいちばん上等な一輪挿しを出してもらった。

花瓶にはぬるま湯を入れた。バラはぬるい水が好きだとミス・ホルスマが言っていたからだ。窓際に射しこんだ夕日をうけて青いガラスが光を放ち、赤いバラが炎のように燃えた。

「だれにあげるつもりだい？」クレープを焼いていた祖母が、イチゴジャムの蓋を開けながら聞いた。

（だれに？）

スミレはだれにもあげるつもりはなく、自分のだと言おうとして口を開きかけた。でも、黙っていた。食卓についてようやくスミレはこう言った。

「おばあちゃんに」

金曜日の花

Perjantaikukka

学校が終わって花屋に立ち寄ったスミレが扉を開けようとすると、店内からミス・ホルスマのおしゃべりと笑い声が聞こえてきた。

（ミス・ホルスマが花に話しかけてるのね）

ところが、もう一人別の声がする。しかも、その声には聞き覚えがあった。

「よぉ、スミレ！」

それは叔父だった。叔父はミス・ホルスマとカウンターの向こうに腰かけて、バラ模様のカップでコーヒーを飲んでいた。

「スミレもどう？　シナモンパンがあるわよ」

「マリアンネ、コーヒーご馳走さま！　さて、またひとつ掃除に取りかかるとするか」

（ミス・ホルスマはマリアンネっていうのね）

「明日もよかったらぜひお茶にどうぞ」ミス・ホルスマはぽっと顔を赤らめた。

「もちろん！　いれたてでうまかったよ。まさにコーヒーポット通りって名前にぴったりだ」

叔父が店を出ると、ミス・ホルスマが言った。

「あら、すてきな青いドレス。今日はいつにもましてスミレみたいね。人生には色がなくっちゃ！」

「うん、色がないとつまんない。ミス・ホルスマは何色がいちばんきれいだと思う？　わたしは、青のときもあるし、赤のときもあるかな」

「虹の色はみんなどれもきれいよね。色は花を通して地上に現れるの。私たちはいろんな色の服を着るけど、それは花を真似ているのよ」

「わたしは真似てなんかないわ」スミレは口を尖らせた。

「もちろんよ。でも、私たちって、自分たちがどうしてこんなふうに振る舞うのか、たいていわかっていないものなのよね。とにかく、すべての色をこの目で見ることができるなんて幸せだわ。どの色も大切だけど、なかでも緑がいちばん大事」

「どうして緑なの？」

「緑の葉のおかげで私たちはこうやって息ができるから。緑の植物だけが光合成できるの。そのおかげで、この地球上に酸素があるのよ。もちろん、太陽もいるし、花もいる。花は私たちと同じ太陽の子どもだものね。さて、今日の花束はスミレ好みの青と赤。青はオダマキで、赤と白はカーネーションよ」

「どこに届けるの？」

「町に住む唯一の中国人に」

「中国人が住んでいるなんて知らなかった」

「チュン・ドンだったかしら、それともドン・チュンだったかしら。てっきり、町の人はみんな知ってるものだと思ってたわ。チュン・ドンあるいはドン・チュンは教授でね、数学者なの。今日は記念日らしいんだけど、どんな記念なのか詳しくは知らないわ。名前の日かしら。中国人も私たちみたいに名前をお祝いするのかしら？　でもね、お祝いの花束らしいのよ。別の町に住む教授の姪っ子さんからの依頼なの」

この世の中には中国人はごまんといるらしいのに、スミレはまだ会ったことがない。きっとほとんどが中国に住んでいるのだろう。かわいらしい花束を受け取ると、スミレは自転車に飛び乗った。

町で唯一の中国人は町でいちばん高いマンションの最上階に住んでいた。最上階の内階段の窓から海が見える。白波に揺れる数隻の船と、波の向こうに陸地も見えた。

（でも、あれは中国じゃないわ）

スミレは玄関ベルを鳴らした。ずいぶん待ってようやくドアが開いた。白髪の男性がにっこりと微笑みながら丁寧に頭を下げた。スミレは、中国人だと聞いてなにかの漫画に出てくるような一本に髪を束ねた肌の黄色い人を想像していた。漫画はクリスマスにもらったもので、中国人は麦わら帽子をかぶって、細くて鋭い目をしていた。ところが、教授は違っていた。今まで一度もお辞儀をされたことがなかったスミレは、いつも以上に深く膝を曲げて挨拶した。すると、教授はふたたびお辞儀をした。そんな具合に、頭を下げたり膝を曲げたりして二人はしばらく挨拶ばかりしていた。やがて、教授が口を開いた。

「私にお花を届けてくれたのでチュか？　どうぞ中へお入りくだチャい。カシスのジューチュで一息チュきませんか？」

まるで小さな子どもが話しているみたいでおかしかったが、言っていることはわかった。

教授はスミレをキッチンへ案内すると、花束の包みを開けた。

「おぉ、なんてチュてきな色！　甥っ子からでチュか？　違う？　あぁ、姪っ子でチュね。うれしいでチュね。キャロットケーキがあるんでチュよ。カシスジューチュもどうぞ。清明祭にカンパイ！」

「初めて聞きました。そんな日があるんですね。わたしはてっきり先生の名前の日かと思っていました」

「中国には名前の日はありまチェん。清明祭はもともと四月に行われていまチュが、五月だって構わないでチョう」

「いただきます！」スミレはちょこんと膝を曲げて、キャロットケーキを皿に取った。

「カーネーションは何本あるかな？　五本！　なんてチュばらしい！　五はいちばんいい数字なんでチュよ！　なぜだかわかりまチュか？」

スミレはキャロットケーキを頬張ったまま、首を横に振った。

「五は星を意味しまチュ。星の五つの点は、精神、大気、太陽、水、土のことでチュ。五は愛の数字でもありまチュ。それは二つが合体しているからでチュ。チュまり、二は女、三は男というわけでチュ。奇数は最高の数字なんでチュよ。花びらもつねに奇数枚なんでチュ。チじょうに意味深い、そうでチョう？　花は数学ができるんでチュから。知っていまチたか？」

スミレはふたたび首を横に振った。

（知らなかった。でも、変わってるわ、数学ができる花なんて）

「たとえばバラ。バラはいろんな理由で美しいとされていまチュが、知りチュくされているわけではありません。私が理由のひとチュを教えましょう。それは黄金比です」

「黄金比？」

「黄金比とは、人間の目の保養であり、芸術であり、幾何学であり、美であり、数字でチュ。ギリシャ文字でφ（ファイ）と表しまチュ。線分を二つに分割したとき、短辺と長辺の比が長辺と全体の比と同じになれば、黄金比になりまチュ。その黄金比で、バラの花びらは並んでいるんでチュ。なんてチュばらしい！」

「どうしてバラは幾何学ができるの？」

「バラは自然の摂理に従っているからでチュ。いや、自然の摂理がバラに従っているからとも言えまチュ」

スミレは今ひとつよくわからなかった。けれども、町で唯一の中国人と知りあい、清明祭を人生で初めて過ごすことができた。家に帰ると、まっさきに大学生からもらったバラを見にいった。

（バラは美しいだけじゃなくて、頭もいいなんて）

深遠なバラにしばらく見とれ、美の数学を思った。

土曜日の花

Lauantaikukka

土曜日の朝、スミレが花屋を訪ねると、ミス・ホルスマは種を袋に詰めていた。小さくて黒い種もあれば、丸くてごつごつした種もあり、平べったい縞模様の種もあった。

「これはヒマワリの種よ」ミス・ホルスマは、大きくてつるんとした縞模様の種を指さした。

「殻をむけば食べられるの。体にいいのよ。木の実のような味で、鳥の大好物なの。寒くなると、ヒマワリの種を餌台にたっぷり置いて、小鳥に来てもらうの」

「あっちの豆みたいに丸い種は？」

「カラシナの種よ。こっちの黒くて小さいのはアサガオなんだけど、それは毒があるから食べちゃダメ」

種をじっと見つめていたスミレは、不思議に思ってこう聞いた。

「ミス・ホルスマ、種はどうしてちゃんと花を咲かせることができるの？」

「種の中には必要な情報がすべて入っているからよ。花の秘密は種で、種の秘密は花。終わりがないの。花は結実するために枯れなくてはいけない。でも、花の死は種の未来でもあるのよ」

「今日はどこに届けるの？」

「今日はいいの。土曜日はお休み。また明日の朝、来てくれる？」

（なあんだ）

スミレはしょんぼりしながら家に帰ったものの、すぐに気を取り直すと、クレヨンでバラの匂いを嗅いでいる中国人の教授の絵を描き始めた。スミレは、黄金比の話を思い出しながら、祖母にあげたバラの花びらを一枚一枚丁寧に描いた。描き終えないうちに、玄関のベルがリンと鳴った。

休日で家にいた叔父が玄関に出た。すると、驚いた様子の叔父の声が聞こえた。

「マリアンネ！」

玄関先には、すてきな花籠をさげたミス・ホルスマが立っていた。

「お邪魔してごめんなさい。悪いんだけど、これを今夜、町のオペラ劇場へ届けてくれないかしら？」

「もちろん」

そう言うスミレの隣で、母親と祖母はいい顔をしなかった。

「こんな時間に？　ちょっと遅すぎやしないかい？」

「そうね、やっぱり自分で届けるわ。ちょっと急ぎの依頼でね、今夜、大事な初演があるらしいの。プリマドンナのファンの一人からこんなブーケの注文が入って。舞台はもう始まっていて、最終幕が終わったら渡してほしいの」

「お母さん、わたし行きたい」

「オペラに行かせてあげようじゃないか」

「でも幕はもうあがってるんじゃ、舞台は見れないわよ」

母親が言うと、叔母も頷いた。

「行っても見れないいんじゃ無駄よ」

「幕間《まくあい》にそっと中に入れれば、最後の幕には間にあうわ」

「マリアンネの言うとおりだ」

「そんなこと言ったって、スミレはもう寝る時間なのよ」

「でも、明日は学校は休みだもん」

「最後の幕だけでも見せてあげようじゃないか、きっと楽しいぞ」

「オペラ劇場はここからそんなに遠くないもん」

「しかたないわね。自転車のライトをちゃんとつけるのよ。帰ってくるころにはもう暗いんだから」

「スミレが中に入れるように電話を入れておくわ」

「でも、花はどこに持っていけばいいの？　観客はそのときなにしてるの？」

「花は舞台まで持っていってほしいの。オペラが上演された舞台はきらびやかにライトアップされて、観客の視線はそこに注がれているから、絶対にわかるわ。でも、壇上まで届けなくても大丈夫よ。警備員が持っていってくれるから。その間、観客席では拍手喝采ね。スミレも拍手を忘れずに！」

ミス・ホルスマはオペラ劇場に電話を入れると、大きな花籠を叔父の手を借りて自転車の荷台にくくりつけた。二人は春の宵闇に自転車を漕いでいくスミレを、手を振りながら見送った。オペラ劇場は町中でいちばん立派な建物だった。どの窓からもきらびやかな明かりがもれ、まるで大きな魔法のランプのようだった。

「もう最終幕が始まっているので、入れません」窓口の受付係がきっぱりと言った。

「わたしは花屋の使いなんですが、オペラのマドンナに花のお届けものです」

「マドンナではなくプリマドンナです。例の電話の花屋の？　花はそこに置いてください。警備員がタイミングを見計らって舞台まで持っていきますから。天井桟敷はまだ空席がありです。階段をのぼったところで待っていてください。メゾソプラノがアリアを歌うと拍手が始まりますから、そのときに中に入るといいでしょう」

まさにそのとき潮騒のような音が聞こえてきた。

「拍手喝采が始まりました。さあさあ、行きなさい」

スミレは階段をのぼると、ずっしりと重たい扉をわずかに開けた。そこがきっと受付係が言っていた天井桟敷なのだろう。前列は何組かの夫婦で空きがなく、後ろはがらんとしていた。階下は黒いスーツやイブニングドレス姿の紳士淑女でびっしり埋まっている。ここがつまり観客席で、スミレも今、観客の一人なのだ。こんな不思議な部屋は見たことがなかった。教会のように高いのに、中から外は見えない。バルコニーは三階もあり、金縁の手すりは白い柱に連なっている。座席は赤いビロード張りで、丸天井にはシャンデリアがきらびやかに輝いている。渦巻く音が耳をつんざき、ヘアスプレーとおしろいと香水に鼻がむずむずした。

広いホールの中でも、もっともまばゆい場所があった。そこでは大勢が動きまわったり、歌を歌いあったりして、観客の視線を浴びている。そこが、ミス・ホルスマの言っていた舞台なのだ。

「ほらほら、今からソプラノがテノールを圧倒するわよ」桟敷の前列に座っている夫人が声をあげた。

するとひときわ目立った婦人が歌いながらいきなり床にくずおれ、スミレはびくっとした。

「ああ、今、私の目の前に天使が」

婦人ははちきれんばかりに高音で歌いあげ、やがてぱたりと息絶えた。もちろん、スミレは婦人がほんとうに死んだとは思わなかった。ここはオペラ劇場なのだ。間もなくして、婦人は元気よく起きあがると、観客にお辞儀して、投げキッスを返した。

（きっとあの人がプリマドンナだ）

拍手喝采が観客席から沸き起こる。スミレも両手が赤くなるまで思いきり拍手した。花がぞくぞくと舞台に運ばれる様子を、スミレは目を凝らして見ていた。プリマドンナは何度もお辞儀をして、両手に溢れんばかりの花を抱えながら微笑んでいた。ほかの出演者たちも壇上に登場し、同じように笑顔をふりまきながらお辞儀を繰り返した。ついにスミレの花籠が舞台にあがった。花籠はちょうどプリマドンナの足もとに置かれ、ジャスミンとリラは華やぐ噴水のようだった。花の香りがヘアスプレーやおしろいや香水の匂いと混じりあったそのとき、場内にプリマドンナのくしゃみが響きわたった。

「ヘックシュン！」

プリマドンナはそれでも投げキッスを返し、ふたたびくしゃみを繰り返した。くしゃみは歓声に応えるように止まらない。

（ああ、上にいてよかった。前に座っていたら、くしゃみを思いきり浴びていたわ）

スミレはおかしくてくすくす笑っていると、ようやく幕がおりた。

「プリマドンナはインフルエンザにでもかかったのかしらね」観客席から声があがった。

「違うわよ。きっとアレルギーが出たのね。ジャスミンのせいじゃない？」

幕の向こうからふたたびラッパのような豪快なくしゃみが鳴る。スミレはもう一度拍手を送った。こんなに立派なくしゃみを聞いたのは初めてだ。それもジャスミンのおかげで！

日曜日の花

Sunnuntaikukka

日曜日の朝がきた。

「今日で最後ね」ミス・ホルスマが麗しい花輪を編みながら言った。

「私にとっても夏休み前の最後の日。夏に花屋は用はないものね。だって、買わずとも夏は花をプレゼントしてくれるんだもの」

「今日はどこへ届けるの？」

「墓地までお願い。手品師が亡くなってね、その棺に花輪を添えてほしいの。依頼主は、手品師の一番弟子。師匠にならった手品を披露しながら海外を回っていて、葬式に参列できないの」

「どんな手品？」

「とにかくすごいわね。亡くなった手品師は魔術師とか奇術師とか呼ばれていて、いくつもの海外公演をこなし、ファンは数千人にものぼったわ。彼がピアノを弾けば、ピアノは宙に浮いて観客席の上空を舞うのよ。身動きできないようにしばって五重に鍵をかけて箱の中に閉じこめた後、さらに七重に封印して大きめの箱に閉じこめたうえに九本の閂《かんぬき》をかけても、一分か長くても三分以内で脱出してスポットライトを浴びて立っているの。鍵も閂も封印も開けずに！」

「どうして手品師は死んだの？」

「老衰で。百一歳よ！　人間の年にしてはすごいわ。さあ、もうすぐ花輪ができるわ。花は百一本じゃなくて十一本。白百合が十本に蔦が一本。哀悼の花輪よ。これを持っていってくれる？　籠には入らないけれど、ハンドルにはかけられるわ」

立派な花輪をハンドルにかけて、町の墓地まで急いだ。雨がぽつぽつ降り出したので、スミレはレインコートを着て出かけた。墓地では、墓穴を囲むように大勢の参列者が集まっていた。手品師の子どもや孫や曾孫のほかに、友人や弟子やファンもいた。

「おじいちゃんはまた箱に閉じこめられちゃったの？」

そう聞いたのは、玄孫《やしゃご》でないなら、おそらく手品師の曾孫くらいだろう。

「箱じゃなくて棺よ」子どもの母親が言った。

「でも、おじいちゃんはもうすぐ出てくるんだよね」

「今回はもう出てこないの」母親は鼻をすすった。

「棺には鍵がかかってるの？」

「かかってないわ。棺には鍵はかけないの」

「それじゃあ、おじいちゃんは楽に出てこれるね」

「出られないわ。棺に入ったら、もうだれも出られないのよ」

「なんでお母さんはそんなこと言うの！　おじいちゃんは世界一すごい手品師なんだよ。どんなところに閉じこめられたって出てこれるもん。見ててよ、今に出てくるから！」

子どもは地団駄を踏み、母親は涙を拭った。風に母親の黒いスカーフが翻《ひるがえ》る。花輪のリボンははためいて、牧師の白い顎髭が揺れた。雲は晴れ、カラスの群れがいっせいに飛びたった。

そのとき、なにかが聞こえた。風なのか手品師なのか、なにかがスミレに囁いた。

（まさか、手品師がほんとうに出てきたの？）

「棺は空っぽで、だれもいない。体はだれもがいつか出ていく箱で、そのときが来れば、みんなできる手品さ。だから、だれも死んだりしないんだ」

スミレは、風の言葉を本当だと思った。こんな日曜日だからこそ、そう思えたのかもしれない。葬式が終わって、花屋の仕事も終わって、学校ももうすぐ終わる。人生で最初の給料をもらって、通信簿をもらったら、夏休みだ。

スミレはレインコートを脱いで折り畳むと、自転車のヤナギの籠に入れた。サドルにまたがり、ペダルを踏みこむ。

未来は、五月の空のように一点の曇りもなくどこまでも青い。町に連なる湿った砂利は、タイヤの下でくすくす笑う。道端には、スミレやタンポポやフウロソウが咲きほこる。どれも花屋の花ではない。みんなは雑草扱いするけれど、どれも太陽の子どもたちだ。ついさっきまで墓のように冷たく黒い土だったのに、春の光にあらゆる色が立ち上がる。

春こそ、いちばん大きな手品師だ。

明かりのもとで

Kotini on Riioraa

ゆすぶれば嬰児のこころに微妙な秘密を
きかせたオルゴールのふるさと

『冬』沢木隆子

子どもに注意！

Varokaa lapsia!

黒い少女と黒い少年が黒い大地を走っている。でも、二人が走っているのは、赤く縁どられた黄色い三角形の中だ。

それは、ルスが通学途中でいつも目にする絵だった。

（この子たちも学校に急いでいるみたいだけど、絶対に遅刻して注意されるわ。それとも、なにか怖いものから逃げているのかしら。だとすると、なんだろう）ルスは思った。

新学期が始まった九月の朝、ルスはおろしたてのワンピースを着て家を出た。兄のリストはぴかぴかの革のカバンに新しいズボンを履いている。

「あなたたち、なんだか道路標識の子どもみたいよ」

出がけに母親に笑われたルスは、あまりいい気がしなかった。

（あの三角の空は黄色すぎるし、あの子たちは黒すぎるわ）

一年生のとき、ルスは上級生に歩き方をからかわれた。でも、二年生になった今、もう気にすることはない。一年生は二年生と同じクラスで勉強している。もちろん、二年生よりもやさしいことを習うけれど、道路標識の授業は一緒に受けた。二人の子どもが走っている道路標識は、子どもに気をつけて運転するように呼びかけるマークだと先生は言った。でも、この辺りは車はめったに走らない。だから、クラスの男子は車の標識についてほとんどメモをとらなかった。

「どうして子どもたちは危ないの?」一年生の小さいパウリが聞いた。

「噛みつくからだよ」ルスと同級生のヤルモが答えると、ぽかんとする小さいパウリをのぞいて、どっと笑いが起こった。

二年生に新しく入ってきたライヤは、腰まである金髪を三つ編みにし、赤いチェックのシルクのリボンで結んでいる。ルスは三つ編みとリボンに憧れていた。そんなライヤに男子はちょっかいを出した。

「馬がいるぞ、ヒヒーン!」

髪を引っぱられたライヤは泣き出した。

「このつぎまたこんなことをしたら内申点を二つ下げて家に連絡しますよ」

先生に言われて、男子はようやくおとなしくなった。

休み時間に二年生は皆でリーオラーごっこをした。

「ここであんたはなにしてる、ここであんたはなにしてる、アスケダスケダー」

するど、輪の中のライヤがこう答えた。

「あたらしい友だちいないかな、あたらしい友だちいないかな、アスケダスケダー」

「その子の名はなんていう？　その子の名はなんていう？」

「その子の名はルスという、その子の名はルスという、アスケダスケダー」

小さなランプ屋

Pieni lamppukauppa

ルスは二人のパウリと友だちだ。一人は小さいパウリ、もう一人は大きいパウリという。大きいパウリの父親は、大きいパウリが生まれた年に終戦を待たず戦死した。母親はパリで絵を描いている。大きいパウリは、おばさんと一緒に暮らしながら町の高校に通っていて、週末や休日には村の祖父の家に帰ってくる。祖父は村でランプ屋をやっていた。

小さいパウリは酪農を営むミルダの一人息子で、父親はいない。でも、大きいパウリの父親のように戦死したわけじゃない。休み時間に小さいパウリは私生児だとからかわれた。ルスは家に帰って、私生児について母親に聞いてみたけれど、そんなはしたない言葉は使ってはいけません、と言われた。

「それはね、お父さんとお母さんが結婚していないってことよ」

「なんでそんなことができるの？」

「バカだな」リストが呆れたように言った。

土曜日の午後は、ライヤとルスとリストと大きいパウリはランプ屋の屋根裏で「アフリカの星」というすごろくをした。アフリカの星は隠されたダイヤモンドを探すボードゲームで、ルスはきまってモロッコのタンジールから出発し、ライヤはカイロから始めた。小さいパウリが一緒に遊ぶときは、ゲームの説明をしてあげなくてはならなかった。

大きいパウリのおばさんは若くて明るい人で、土曜日になると、コーヒーとミルクチョコと本と新聞を町から持ってきてくれた。アフリカの星を探し当てた人には、ミルクチョコが二倍多くもらえた。

ランプ屋には、珍しくて高価な照明が売られていた。ランプ屋の主人がヘルシンキから取り寄せたものや、遠くはロンドンから手に入れたりしたものもある。大きいパウリの祖父はランプ屋の二代目だ。ランプ屋ができたころは灯油ランプとガスランプしか置いていなかったけれど、二代目になって電気ランプが入ってきた。

ランプ屋の主人は、大きいパウリからはおじいちゃんと呼ばれ、村人からはおじさんと呼ばれている。一方、主人は孫のパウリのことをラテン語でパウルスと呼んだ。主人はラテン語に長《た》け、以前は先生をしていたのだけれど、父親の死をきっかけに店を継ぐことになったのだ。店には、籐椅子と本棚とパイプレストがあって、ランプ屋の主人はそこに座ってパイプをくわえて本を読む。ただし、パイプから煙は出ていない。体のことを考えてずいぶん前に吸うのを辞めたが、パイプは辞められなかった。

ランプ屋は集落から離れた村はずれにある。村の北側に、町に出る道ができてから、ますます客足が遠のいた。町まで出れば、ランプは大型スーパーで安く手に入るからだ。それでも、ランプ屋は週末以外の平日はいつも開いていて、ショーウィンドウのランプは夜遅くまで灯っている。必要であれば、日曜日でも店を開ける。ごくたまにランプ屋の主人が町に出かけたり、図書館から新しく本を借りたくなったりすると、おばさんが手伝いに来る。大きいパウリの話では、おばさんはランプに暗く、レジもうまくできないので、店番は苦手なようだった。

外はどんよりとした秋の夜なのに、ランプ屋に一歩入るとまるで眩しい夏の日だ。こんなに輝いている部屋は村中どこを探してもない。クリスマスの教会ですら、これには及ばない。けれど、この光は知識と教養の光にはかなわない、とランプ屋の主人は言った。

「植物は太陽の光だけで足りるが、人間には知の光も必要だよ。教養は人類のもう一つの太陽だからね」ランプ屋の主人が言った。

すると、望遠鏡がほしくて貯金をしている大きいパウリがこう言った。

「星も太陽だよ。だって、太陽と同じように夜を照らしてくれるし、太陽に負けないくらい熱くて大きいんだから。火星や金星や地球みたいな惑星は違うけど」

週末になると、大きいパウリは二階の屋根裏に泊まった。斜めに傾いている屋根裏は、かつて大きいパウリの母親とおばさんの部屋だった。部屋の隅には火を入れた鉄製ストーブがあり、窓には白いカーテンが掛かっている。屋根裏で過ごすのは楽しくて、縞模様の裂き織りマットに寝そべって、チョコレートを食べたり、アフリカの星を遊んだりした。店に客が来ると、子どもたちは屋根裏階段の手すりから下の様子をこっそりうかがった。ランプのあまりの明るさに、ランプ屋の主人や客は暗がりの階段にいる子どもたちに気づかない。ただ、客はめったに来なかった。

屋根裏にランプ屋の主人が上がってきて、子どもたちとおしゃべりすることもある。全員の名前を覚えきれないのか、ライヤをタルヤ、ルスをライヤと呼んでいた。ランプ屋の主人は、「人類」や「歴史」や「進歩」といった言葉をよく使った。難しいことをたまに聞くので、答えられないときがある。

「皆が大人になるころは、世界はがらりと変わっている。タルヤ、未来はどうなっているんだろうね。良くなっているだろうか、それとも悪くなっているだろうか？　どう思うかね？」

ランプ屋の主人はライヤをじっと見つめて答えを待っていたけれど、ライヤは恥ずかしがってなにも言わない。

「良くなってると思うわ」

ルスが答えると、小さいパウリがこう続けた。

「うんと良くなってるよ！」

「でも、どんなふうに？　教えておくれ！」

「すくなくとも科学は進歩してるさ」大きいパウリが言った。

「だが、人間はどうだろう？　人間はそもそも進歩するかね？」

これにはだれもなかなか答えようとしない。ついに大きいパウリが口を開いた。

「おじいちゃん、いいかげんにしてよ。今、ゲームの途中なんだよ」

ランプ屋の主人は孫の頭にやさしく触れて、こう呟いた。

「テンプスフギット！」

店へ戻っていく主人を見ながら、ルスは大きいパウリに今のはラテン語なのか聞いてみた。

「おやすみって言ったんだよ、たぶんね」

大きいパウリがあとで祖父に聞き直してみると、それは「光陰矢の如し」という意味だった。

時の風

Ajan tuuli

ランプ屋は村はずれの墓地と教会の近くにある。墓地には、戦死した英雄の記念碑と白い十字架の墓標が立っていて、ルスとリストの二人のおじさんはそこに眠っている。ずいぶん昔、二人の写真が家庭雑誌『くつろぎ』の「母国のために」というコラムに載ったことがあり、祖母はそれをナイトテーブルに飾っていた。若いころのおじさんはハンサムだった。ルスは会ってみたかったけれど、二人ともルスが生まれる前に亡くなっていた。

二人になにがあったのか、ルスは聞いたことがある。

「バカだな、倒れたんだよ」リストが言った。

(倒れた?)

ルスも滑って転んだり、つまずいて倒れたり、リストにわざと足を引っかけられたりすることがあるけれど、けろっとして起きあがって、怒鳴りながら追いかける。

(それなのに、元気な若いおじさんたちがどうして転んだだけで死ぬんだろう)

母親の話では、二人は転んだわけでも、足を引っかけられたわけでもなく、銃で撃たれたようだった。しかも二人は別々に撃たれている。ルスは、言っていることがよくわからなかった。

（どうしてこんな立派なおじさんたちが撃たれるの？）

ルスにとっては、二人が倒れて死んでしまったことよりも、もっとわからなかった。

「戦争だよ。戦争では撃ち合いをするんだ。おじさんたちも撃ったんだよ」

「だれを？」ルスはびくっとした。

「バカだな、敵に決まってるだろ」

もちろん、戦争でなにが行われているのかはルスも知っていた。でも、なぜ行われるのかは、わからなかった。おじさんたちとは会ったことはないものの、同じ英雄墓地に眠っているおじいちゃんのことは知っている。おじいちゃんはルスの友だちだった。墓碑には、ヴィリヤミ・ヴァルデマルというおじいちゃんの名前と、生まれた日と死んだ日が刻まれている。おじいちゃんは、パックスキャンディーをよくくれた。ルスはあまり好きではなかったけれど、おじいちゃんがせっかくくれるからもらっていた。パックスとは、ラテン語で平和という意味だ。ケースには、青十字に白い鳩が描かれていて、鳩は平和の鳥だと、おじいちゃんが教えてくれた。おじいちゃんはがっしりしていて、おじいちゃんの息は「クラブ」という銘柄の煙草とパックスの匂いがした。おじいちゃんが、クラブを吹かすことも、パックスを舐めることももうない。おじいちゃんにはもう会えないし、声も聞けないし、匂いも嗅げない。それが死だ。

ライヤとルスと小さいパウリは墓地で遊ぶこともある。墓地では静かに遊ぶようにしている。叫んだり走り回ったりすると、ばちがあたるから早く家に帰るように、と聖堂番に注意されるからだ。墓地はかくれんぼにちょうどいい。町ごっこのときは、墓碑は石造りの家になり、墓碑に挟まれた細い道はヘルシンキの大通りや大学通りになった。

墓碑には、変わった美しい名前もある。ウルリカ・ソフィアやリディア・エミリアやエギディウスやシンヒルドやヒルデガルドといった、洗礼名にはないものも見かけた。

ウルリカ・ソフィアは十七歳で死んでいたが、ルスはウルリカになりきって遊んだ。ウルリカはルスで、ルスはウルリカだった。墓碑は、ウルリカの家というよりもお屋敷で、リディア・エミリアになりきったライヤと墓碑に座っているときは、テラスに腰かけて、ラズベリーサイダーを飲んで、一口サイズのファンシーケーキを食べている気分になった。小さいパウリがいるときは、エギディウスになってもらって、ウルリカとリディアのお婿さんに代わりばんこでなってもらう。本当は大きいパウリにエギディウスになってもらいたいけれど、頼んだことはない。大きいパウリはままごとをするような年でもないし、頭のいい子だった。

礼拝の時間や葬式や洗礼式や結婚式があるときは墓地で遊ぶのを控えて、日が暮れるとすぐに帰った。夜になると、死んだ人が棺桶の蓋を開けて、お化けになって出てくるかもしれないと、マルヤ＝リーサとマルヤ＝レーナが言った。

あるとき、マルヤ＝リーサが弁護士の墓のことを教えてくれた。この弁護士は、今から百年以上も前に横領や詐欺を働いたようだ。ただ、生存中に罪に問われることも罪滅ぼしもしなかったので魂は浮かばれず、夜になると幽霊になって村道を彷徨《さまよ》っているという話だった。噂では、弁護士の幽霊は飛ぶように移動したり、ボールのように跳びはねたりしているようだった。

「昨日の夜も出てきたのね、ほら」マルヤ＝レーナは墓碑の下の小さな穴を指さした。

「でも、出てくるには穴が小さすぎるわ」ルスが言った。

「幽霊はどんなに小さい穴でも入れるわよ。必要なら、小指くらいにまで細くなるんだから」

マルヤ＝リーサが言うと、マルヤ＝レーナがこう続けた。

「そうじゃなくて、幽霊は空気みたいに軽くて目に見えないから、棺桶と地面を通り抜けてくるの。でも、朝になったら、這《は》って暗い地下に戻っていくのよ」

死体は大地に埋められて、じきに骸骨になるけれど、魂は天に昇るのだとエルサが教えてくれた。エルサが、ほかの子に比べてあの世のことをうんとたくさん知っているのは、父親があの怒りっぽい聖堂番だからだ。聖堂番というのは牧師みたいなものらしい。ただ、お化けになって出てくる死人は、エルサの言う死人とはまた別物だと、皆は思っていた。

お化けの話そのものが、ルスにとってはなんだか信じられなかった。皆の意見もばらばらで、大きいパウリは、人間は死んだらそれで終わりでお化けなんてありえないと言う。ヒルドゥルおばさんは、死者は霊界とか楽園と呼ばれる場所に住んでいて、霊能者であればおしゃべりもできると言った。そう言うヒルドゥルおばさんは霊能者で、心霊主義はいんちきだというのが祖母の意見だ。

母親は、死ぬと人間の魂は自然と一つになると言った。それを聞いて、魂は風になるとルスは思った。コクマルガラスがカアと鳴いて、墓地の木々の梢が風に揺れてざわめく。子どもたちが遊んでいると、ランプ屋の主人が言うように、子どもたちの頭上を矢のように風が吹き抜ける。時間のように風は長くないけれど、駆けることを決して止めない。たとえ、この村に吹いていなくても、どこかでざわめいているのだ。時間に声があったなら、それは風の音のようなものだろう。風はどこからでも吹いてくる。でも、時間はただ過去から未来へ向かって吹いてゆく。

伯爵夫人と女中

Kreivitär ja hänen sisäkkönsä

郵便局やスーパーに行くと、ルスは二人のおばさんをよく見かける。腕を取り合って、ゆっくり歩く二人は、お屋敷に住んでいる伯爵夫人と女中だ。二人ともずいぶん年を取っていた。あるとき、皺だらけの唇に赤い口紅をさしている伯爵夫人が、ルスのところで足を止めた。

「どちらのお嬢さんかしら？」

すかさず、もっと皺だらけで腰の曲がった女中が答えた。

「会計士の娘さんですよ」

伯爵夫人には憂いがたくさんあった。

「昔はうちのサロンはもっと活気があったのよ」

伯爵夫人は憂いの一つをルスの母親に言った。

伯爵夫人に子どもはおらず、友人のサロン仲間は、ウルリカやリディアやシンヒルドと同じようにあの世に逝ってしまった。パーティーやお茶会や舞踏会の時代は終わったのだ。最後に集まりがあったのは、伯爵の葬式のときで、第一次世界大戦前だった。良い家柄の大家族だったが、今では伯爵夫人と女中の二人だけになった。

学校の裏手にある森と畑はお屋敷の敷地で、畑は借地になっている。風車とバラの丘はお屋敷が所有していて、お屋敷に連なる樫の長い並木道の入り口に、伯爵は看板を立てていた。看板には、「私道」と書いてある。そこを歩く人は、伯爵夫人と女中しかいない。二人は、朝食を終えると畑を横ぎって樫の並木道をゆっくり散歩する。腕を組んでお屋敷から車道まで歩いて折り返す。散歩する時間はきまって朝の九時を少し回っていた。春の畑には緑が溢れ、冬は白い雪原となり、八月の畑は金色の実りに揺れる。

母親の話だと、伯爵夫人はフランス製のツーピースを着ているらしい。ハイヒールを履き、八十を過ぎても眉毛の手入れをして、赤い口紅をさしている。ルスは伯爵夫人の名前を知らない。村ではただ伯爵夫人と呼ばれ、女中のアイノマイヤは、伯爵夫人が飽きて着なくなったジャケットを着て、スニーカーを履き、化粧っけがない。伯爵夫人よりもずいぶん年上で、伯爵夫人が子どものころから世話をしているようだった。アイノマイヤは召使いではあるけれど、彼女のほうが主のようにお屋敷をしきっていた。

「伯爵夫人もアイノマイヤの言いなりになってかわいそうね」母親が言った。

伯爵夫人が、ソースに塩気が足りないとか、部屋が暖まっていないとか小言を言うと、アイノマイヤはこう言い返した。

「お嬢さま、へそを曲げるのは止めて、おりこうさんにしてください」

伯爵夫人が、ご馳走さまでした、と言えば、お金持ちのお口に合って良かったこと、とアイノマイヤは言った。

アイノマイヤは、伯爵夫人が小さいときからずっとこんな調子だ。彼女を百二歳だと言う人もいれば、百十歳だと言う人もいる。小さいパウリは、アイノマイヤは風車に住んでいる小人と同じくらいだと言っていた。

アイノマイヤが重い病気にかかって激痛と目眩で倒れたとき、ルスの母親がお見舞いにお屋敷を訪ねたことがある。

「お嬢さまは気つけ薬に芳香塩をくれましたが、効きませんでした」

アイノマイヤの入院は長引いた。子どもたちはアイノマイヤのことを忘れかけていたが、伯爵夫人は朝から晩までアイノマイヤに付き添った。ベッドに寄り添って手を握り、ときどき芳香塩を嗅がせた。アイノマイヤは死ぬだろうと皆思っていた。人はうんと年を取ると死ぬことになっているからだ。ところが、ある日、樫の並木道で腕を組んで歩いている二人の姿があった。アイノマイヤはさらに小さくなって皺が増えていたけれど、生きていた。芳香塩が効いたのだろう。

アイノマイヤはよく百年前の話をしたが、退院後は、さらに昔のことを話すようになった。それは童話とはまた違ったもので、こんなふうに語り始めるのだった。

「忘れもしない……、そうあれは一六四〇年のこと。暴れだした馬に、若い伯爵夫人が蹴られました」

そんな昔のことなのに覚えているわけがない、とまわりが言うと、昨日のことのようにしっかり覚えている、とアイノマイヤは言うのだった。

アイノマイヤの話し方には説得力があった。世界を旅したことも、一八五二年に最初に創業したパリのデパートに行ったことも、さも本当のことのように聞こえるのだ。

「人でごった返していて、汗ばみましたよ」

アイノマイヤが言うと、伯爵夫人はもの思いに耽った。

「そうなの、そうなのよ。昔はうちのサロンはもっと活気があったのよ」

占い師

Ennustaja

アイノマイヤの話は昔のことだが、占い師のベッラには未来が見えた。ベッラは、トランプやコーヒー滓《かす》や手相で未来を占っている。でも、光る水晶玉は持っていなくて、ルスはがっかりした。水晶には、未来の出来事が映し出されるからだ。

ベッラは、この辺りでは自分がいちばんの占い師だと言う。

「自慢じゃないけど、ほかは二流だよ」

ところが、小さいパウリが世界の未来について尋ねると、ベッラはこう答えた。

「あたしは世界に占っているわけじゃないよ。あたしは人間に占うの」

そう言いつつベッラは紛失物の行方も占っている。指輪、時計、財布、ハサミの居所を聞かれると、ベッラはだいたいこう答える。

「戻ってこないよ。ハーフの女か、白人か、黒人か、もしかしたらどこかの異邦人が気晴らしに持っていっちまったからね」

ベッラは黒髪で、足首まであるビロードのスカートを履き、白いレースのシャツを着ていた。この村には、去年の春に移ってきたばかりだ。お屋敷の隙き間風がよく入る古い農場小屋を借りて、ノキという黒猫と住んでいる。小屋には、房飾りのついたテーブル掛け、花柄の絨毯、ビーズ刺繍されたクッションを置き、壁には、戦う雷鳥とオスのヘラジカの絵柄が編みこまれたウールのタペストリーを掛けていた。紛失物の居所や自分のことを占ってもらいに、たくさんの人がベッラを訪ねてくる。隣の教区から来る人もいれば、町から足を運んでくる人もいた。コーヒー滓で占うときは、まずコーヒーを飲みほして、カップに受け皿をかぶせて引っくり返す。ベッラがお茶に呼ばれたり、呼んだりすることはなかった。

ベッラをジプシーだと言う人は多いけれど、ミルダだけは、見かけだけじゃわからない、と言った。

「髪をよく見て。たしかにまっ黒だけど、根元から茶色い地毛が見えてるわ」

ベッラは、ジプシーだと思われたくて髪を染め、裾が引きずるくらい長いビロードのスカートを履き、花柄のスカーフを巻いていた。ジプシーは白人よりも占いができるからだ。

小さいパウリは、母親のミルダに止められながらも、ベッラの家にしょっちゅう遊びに行っている。ベッラの家は居心地がよく、小さいパウリはトランプカードをきったり、黒猫のノキや陶器の白い犬を撫でたりした。ときには、光沢のある銅製のコーヒーポットでコーヒーを注いで飲んだりもした。ベッラの占いを聞くのも楽しく、人によってお金や愛や名誉を占うが、全員に幸せな未来を約束していた。病気を患っている人には、じきに治ると占った。

あとで母親になにを言われるかわからなかったけれど、ルスも小さいパウリについてベッラを訪ねたことがある。

「それじゃ、ちょいと手を見せてごらん」ベッラが言った。

ルスはベッラに右手を差しだした。ベッラの長い指はひんやりしていて、金の指輪をいくつもつけていた。ベッラはルスに、感情線や頭脳線や運命線や生命線を教えてくれた。

「長い人さし指だね。いいことだよ。でも親指は小さいね。それにまあ、くっきりした感情線！」

「それって悪いこと？」ルスは心配になった。

「それはね、感情があるってことだよ」ベッラは穏やかに言った。

見えないもの

Naikymäitömiä asioita

朝の礼拝で、先生はオルガンを弾きながら歌った。

「さかしく妙なる主よ、あらゆる善の守護神よ、すべてに御名を示したもう」

ルスは字をきれいに書くのが苦手だ。文字の最後の一画は、小さな角度をつけて波のようにはね上げなさい、といつも注意される。ルスは、あらゆるものに謎のメッセージを書き残したという神さまの文字を思った。あらゆるものに神さまがどんなに上手に永遠の文字を残していても、それは目に見えない。すくなくとも、ルスには見えなかった。

神さまは、砂や雪や外壁に文字を書いた。人の手や顔、湿った大地に軽やかに煌めきながら舞い落ちる木の葉にも跡を残した。かつて起こったこと、これから起こること、すべてがそこに書かれてある。けれど、神さまの文字はとても小さくて、ルーペでも読めない。もしかしたら、神さまは見えないインクで書いたのかもしれない。

その年の秋、たくさんの人がかかったという流行病の噂が村に広まった。特に子どもがかかったというそれは「感染病」と呼ばれた。

「そうじゃなくて、小児マヒだよ」リストが言った。

とてもおそろしい病気のように聞こえた。小児マヒとは、子どもが手や足を動かせなくなる病気で、ひどいときにはどちらも動かなくなって、歩けなくなったり、絵を描くことも文字を書くこともできなくなったりする病気だ。

「もう二度と?」

「もう二度と!」

ルスもリストもぞくっとした。死んだわけではないのに呼吸が停止することもあるという。呼吸ができなくなると、代わりに呼吸をしてくれる大きな機器に繋がれて、そのまま一生を送るのだ。機器が壊れないかぎり、一生ずっと続くのかもしれない、とルスは思った。

町ではたくさんの子どもたちが病気にかかっていて、呼吸が止まった子どももいた。その子どもは、人工呼吸器に繋がれる前に死んでしまった。

母親はやるせなさそうにこう言った。

「そのほうが良かったのかもしれないわね」

人間にはバクテリアというのがいて、バクテリアから病気が移ると先生が説明した。バクテリアは皮膚についていて、手から手へどんどん移って皆を病気にしていく。だから一日に何度も手を洗った。給食や夕食の前には必ず手を洗う。世の中の大切なことの多くは目に見えない。その中には良いものも悪いものもいる。ルスは、バクテリアは腹の虫が収まらない悪いものだとばかり思っていた。ところが、父親の話では良いバクテリアもいるらしい。そしてどちらも、神さまの文字と同じように目に見えなかった。

大きいパウリの小さいクルミ

Isopaulin pieni pähkinä

大きいパウリは、月に照らされたように青白く透きとおった顔をしている。

「あの子は貧血だね。ランプ屋の主人はもっと鉄を食べさせるべきだね」祖母が言った。ランプ屋の主人が大きいパウリの口に黒炭の棒を突っこむ様子が目に浮かんで、ルスは身震いした。血色は悪いけれど、大きいパウリはランプ屋の主人みたいに賢い子だった。将来は科学者になるだろうと、小学校のころから先生に言われていたし、村の皆もそう思っている。大きいパウリはませていて、あだ名は「教授」だった。科学がどんな疑問にも答えてくれると、大きいパウリは言う。治らない病気はなく、物質の謎も解け、人間は健康に長生きし、今よりも生活しやすくなって、怖いものはなくなるらしい。

「お化けなんて存在しない。妖精も小人も魔女もいないよ」村道で弁護士の幽霊を見たと言う小さいパウリに、大きいパウリが言った。

「でも見たもん。風車の小人もイースターの魔女も！」

「見たと思いこんでるだけだ」

「だって、見えたんだもん」

「オレは幽霊話とか童話とか信じないね。オレが信じているのは、本当のことだけだ」

「見えたんだから、それは本当だよ」

ランプ屋の主人は小さいパウリと大きいパウリの頭をやさしく撫でると、くわえていたパイプを置きながら、ぶつぶつなにか呟いている。クオットホミネストットセンテンティと言っているように聞こえた。

大きいパウリは天体望遠鏡を買うために貯金をしている。大きいパウリは、ランプ屋の主人や先生よりも、太陽や星や月のことをたくさん知っていて、星を見ているときは過去を見ていると言う。観測者は知らないだけで、もしかしたら星はもう消滅してしまっているかもしれないからだ。地球はキロメートルで距離を測るけれど、宇宙は光年だ。星同士はお互いにとても遠く離れた存在で、宇宙では距離は時間に、時間は距離に変わる。

「宇宙にあるものなんてわずかで、ないものばかりだよ」大きいパウリが言った。

宇宙というのは、空虚な暗闇で、果てしなく境界がない。天体はわずかで、星同士の距離は広がり続けている。なぜなら、宇宙は膨らんでいるからだ。そう言われても、ルスにはよくわからなかった。

（宇宙は最初から無限なのに、どうしてまだ大きくなれるんだろう？）

「どんな星も、どんどん遠く離れていってるってことは、宇宙は無限であり真空なんだ。星が生まれて死んでも、回って落ちても、あるのは無なんだ」

大きいパウリは本当にもの知りだ。

「宇宙は無限ではあるけれど、それは永遠じゃない。始まりは時間も空間もない瞬間で、小さなクルミの殻の中に押しこまれて生まれるときを待っている。クルミがパンッと割れたそのときから、時間が始まるんだ」

「どうやったらそんなふうにパンッと割れるの？」ルスが聞いた。

「それはわかっていないけど、いっぱいいっぱいになって、勝手に割れるんだよ」

「だれかがやって来て、大きなペンチでクルミを割ったのかな。リスじゃなければ……、きっと神さまだわ。人間とか動物のほかに、だれかどこかに住んでるのかしら？」

「それもよくわからないけど、今のところ、太陽系には人間と動物しかいない」大きいパウリは言った。

金星は熱すぎるし、水星と海王星は寒すぎる。土星や木星には酸素がこれっぽっちもないから、息ができない。ほかの太陽系や惑星についてはわかっていない。それに、そういう存在すら確認されていない。

「でも、火星には火星人がいるんだって。リストは『火星の王』っていう本を持ってるの」

「ありえない。火星は空気が薄いから。火星人だって生きていられないよ」

それでもルスは、ほかの惑星に住むだれかを思い、宇宙が空っぽではなく、人間や動物が寂しくならないように願った。

良い子と悪い子

Hyväntapaisia ja pahantapaisia

いつもより遅くルスが学校から帰ってきた。ライヤとマルヤ＝レーナとマルヤ＝リーサと校庭でけんけんぱをしていて遅くなったのだ。

「お母さん、わたしって良い子？」

「ルスは良い子だと思うけど。でもどうしてそんなこと聞くの？」

「なんとなく」ルスはほっとした。

けんけんぱをしていたとき、村はずれの「テューネラ」という施設に住んでいる不良少女の話になった。そのとき、牛乳を最後まで飲まずに捨てた日のことを思い出した。飲み残しに刻んだゼラニウムの葉を混ぜて鉢に流したのだ。

ルスは、マルヤ＝リーサとマルヤ＝レーナに不良少女はなにをしたのか聞いた。

「お化粧して、親に口ごたえして、家出して、男の子と付き合ってるらしいわ。都会で流行のボルサリーノ族と遊んでるみたい。ボルサリーノ族の男の子は真ん中がへこんだ帽子をかぶっていて、女の子はニット帽をかぶってるんだって」マルヤ＝レーナは片足でけんけんぱしながら一周した。

「親の言うことをきかないし、宿題もしないのよ」マルヤ＝リーサが言った。

「カンニングするし、嘘を吐《つ》くし、煙草も吸うって」マルヤ＝レーナは二周目を回った。

「つぎはわたしの番ね」

マルヤ＝リーサがけんけんぱしながら言うと、マルヤ＝レーナが小さな声でこう続けた。

「ウォッカも飲んでるって」

「お菓子やお金を盗ったり、もっと悪いこともしてる子もいるわよ」マルヤ＝リーサが言った。

「アウト！」マルヤ＝レーナが声をあげた。

「セーフよ！」

マルヤ＝リーサも声を荒らげると、ライヤがこう言った。

「線を踏んだわ」

「もっと悪いことってなに？」

ルスは、こんなに長い犯罪リストは聞いたことがなかった。

マルヤ＝リーサもマルヤ＝レーナもくすくす笑うだけで、答えてくれない。

施設に入っても、悪い癖が直らなかったり、先生に反抗したりすると、水筒と聖書を持たせて、地面に掘った穴に入れられると聞いたことがある。穴から出てしばらくは良い子らしい。

ルスはその不良少女に会ってみたいと思った。

ある日、リストと買い物に出かけると、並んで歩いていたリストが青いトートバッグにつまずきそうになった。バッグの持ち主の女の子は店のコンクリート階段に座ってエスキモーアイスを舐めている。

（だれだろ？）

女の子は、バッグが通行の邪魔になっているのに、知らんぷりしている。しばらくしてリストが言った。

「あそこに入ってる子だ」

「あそこって？」

「テューネラだよ」

ルスは思わず立ち止まって振り返った。ポニーテールにスニーカー姿で、上着の下からブラウスがちらりとのぞいている。ブリジッド・バルドー・ブラウスと呼ばれたピンクのギンガムチェックだ。外はかなり寒いのに、ニット帽はかぶっていない。ということは、マルヤ＝レーナのいう子ではないかもしれない。あんな悪いことを全部やったなんて、たとえその半分であっても信じられない。でも、家族のいない陰気な施設に入れられたということは、やっぱり本当なのだろう。それに、足をつまずきそうになったのに、バッグをどけなかったところを見ると、たしかに良い子とは言えない。

ルスはしばらく女の子を見ていた。おそらく、あからさまに見ていたのだろう、その子はエスキモーアイスを舐めるのをやめて、こう言った。

「なに見てんのよ」

ルスは慌てて顔をそむけた。

（やっぱりこの子だ。トートバッグもわざと邪魔になるように置いてるもん）

もう一度だけさっと振り返ると、小さいパウリが不良少女の隣に座ろうとしていた。

「すてきなバッグだね」小さいパウリは店の階段に腰かけた。

「どこに住んでるの？」

不良少女と笑いながらおしゃべりする小さいパウリにルスは面食らった。たとえ不良であっても友だちになれる、これが小さいパウリだった。

小さいパウリと妖精の靴

Pikkupauli ja keijun kenkä

妖精はいない、と大きいパウリが言うので、ルスはそれを信じようとした。それから一週間ほど経ったある日、算数の授業中に小さいパウリがこう言った。

「ねえ、ぼくね、森で妖精の靴を拾ったんだ。ルスにあげる」

それは、ほんの小さな樹皮の欠片だった。

「ほんとにもらっていいの？　どこで見つけたの？」ルスはうっとりした。

「木から落ちた鳥の巣の中にあったんだ。その中で妖精たちがダンスしてた。葉っぱの服を着て、鬼ごっこしてたよ。ぼく、しばらく見てたんだけど、ぼくの姿は妖精たちには見えなかったみたい。日曜日にもう一度見に行ったんだけど、妖精はいなくて、片方の靴だけあったんだ」

たしかにそれは丁寧にくり抜かれた小さな上靴のように見える。リストと大きいパウリとヤルモは松ぼっくりの鱗片だと言うけれど、小さいパウリの言っていることは本当かもしれない。だって、ルスの手の中にその証拠があるのだ。美しい小さな靴。踵《かかと》はすり減って、ずいぶんくたびれているけれど、なんて上品な靴なんだろう！

ルスは、宇宙のすべての太陽がぎゅっと詰まったクルミのことを思った。そのクルミを見た人も手にした人もいない。それでも、大きいパウリはクルミの存在を信じている。だから、こうやってルスがいま手にしている妖精の靴だって、信じないわけにはいかないはずなのだ。

ルスは、靴を鍵つきの緑の小箱にしまった。小箱は、ヒルドゥルおばさんからのクリスマスプレゼントだった。謎に包まれた世界は鍵のかかった箱のようなものだ。鍵を開けた箱の中にはそれよりも小さい鍵のかかった箱が入っていて、その箱を開けたら三つ目の箱が現れて、それが無限に続いていく。どんなに小さな箱でももっと小さい箱が入っているのだ。

小さいパウリと遊ぶのは楽しくて、ルスはいつも喜んで出かけた。小さいパウリの家には帰ってもだれもいないようだった。笑顔を絶やさない小さいパウリは、だれとでも仲良くなれる。ランプ屋の主人やお屋敷のアイノマイヤみたいに年を取っている人とも、犬や猫とも仲良くなれる。だれのことも避けたりしないし、怖がったりもしない。小さいパウリはいつも元気に外を走り回っていた。

「お父さんはね、岩の多い遠くの島で灯台守をしていて、なかなか家には帰れないんだ」

あるとき、小さいパウリが話してくれた。ところが、マルヤ＝レーナは、小さいパウリの父親は村の酔っぱらいで、洗濯物を干している桟橋で寝むりこけて、そのまま川に落ちて流された、と言った。小さいパウリは、父親は泳いで海に出て、灯台のある島に上陸して灯台守になったと信じていた。

小さいパウリが三枚の板で今にも壊れそうな筏《いかだ》を作っていると、ミルダが慌てて止めたことがあった。

「いけません。そんなの作ってどうするの？」

「お父さんに会いに灯台に行くの」

「いけません」

ミルダにきつく言われた小さいパウリは、泣きながらお屋敷に駆けこむと、アイノマイヤがクレープを焼いて、すぐりジャムを添えて出してくれた。ミルダは、小さいパウリがお屋敷にしょっちゅう出入りして、アイノマイヤとご馳走を食べることをよく思っていなかった。

「きっとお屋敷でこの子に変なことばかり吹きこんでいるんだわ。片方は年を取っておかしなことを言うし、片方はもともと変わってるんだもの」

そうミルダが言うのも、小さいパウリにはほかの人には見えないものが見えるからだ。風車の小人もその一つだった。小人は、バラの丘に立つ一枚の羽根が壊れかけた古い風車に住んでいて、怒りっぽくて白髪頭らしい。年はアイノマイヤと同じくらいかもしれない。バラの丘で小さいパウリに出くわした風車の小人は、しゃがれ声でこう言った。

「右回りに風車は回り、女は左回りに粉を挽く」

ある復活祭前日の土曜日のことだった。ザワザワという音を耳にした小さいパウリは、黒くて長いものが酪農場の上をぴゅんと飛んでいくのを見た。イースターの魔女だと言う小さいパウリに、大きいパウリは年を取った黒いコクマルガラスだと言った。

八月に入ると、小さいパウリは、畑で子牛ほどのバッタに出くわした。あくまでも小さいパウリの話だが、きらっと光るぐりぐりした目で見つめられたらしい。小さいパウリが鎧のような背中にまたがろうとすると、ぴょーんと黄金色の麦畑に跳んでいき、そのまま姿を消してしまった。

十一月には、ランプ屋から墓地に連なる道で弁護士の幽霊を見た。

「絶対に弁護士だよ。だって、つばの広い帽子をかぶって、玉のついた杖をついて歩いてたもん」

弁護士は死んでからも、まさにそんな格好で村道をうろうろしていることを、アイノマイヤから聞いて知っていた。死んでもやっぱり変わらないね、そうアイノマイヤが言った。

動物が世界でいちばんいいと小さいパウリは言う。小さいパウリは七つだが、見た目はもっと幼い。でも、動物のことなら、ほかの子どもたちや大きいパウリでさえ知らないことをたくさん知っていた。ウタツグミとクロウタドリの鳴き声を聞き分けることができ、新雪に残った足跡からイタチとテンを見分けることもできる。

ある夏の日、小さいパウリは川岸で今までに見たことのない足跡を発見した。小さいパウリにもわからない足跡だった。四つ指で大人の男性の足くらいあって、一本だけそり返るように外に向いている。泥にくっきり残っていたので、思いきり踏みつけたのだろう。足跡は、カモののっぺりした足跡に混じって、鬱蒼とした葦の中に消えていた。

「見たことない動物の足跡だ。見つけだして名前をつけよう」小さいパウリが言った。

まるで魔法のランプ

Melkein taikalamppu

ルスの部屋の中では、すべてが生きている。どんなものにも生命があり自己があった。小箱に大切にしまってある妖精の靴は言うまでもなく、短く削れてしまった一本の鉛筆だって生きていた。

(靴は妖精がいなくて寂しいだろうな)

うっかりなにかを落としてしまったら、鉛筆削りにだってルスは、ごめんね、と小さく声をかける。わざと床に落としたと思ってほしくないからだ。でも、物はルスとは違う生き方をしている。物の時間はルスよりもゆっくり経過して、人間のようにがらりと変化をもたらすことはない。それはきっと、人間や動物のように、息をしていないからだろう。呼吸は時の風なのだ。

ルスは、ワックスクレヨンで新品の画用紙にフィンランド湾沿いの港町を描いた。そこに川を描き、風を孕《はら》んだ白い帆の小さなヨットを浮かべた。小さいパウリのヨットだ。三枚の板で組み立てようとした筏よりも、ずっと豪華だった。ヨットは外海へ出帆し、小さいパウリの父親が住んでいる灯台のある島へ向かっている。でも、川が川らしくない。本物の水のように流れて光を打つような色が塗れなかった。ルスはクレヨンケースの箱を閉じて、ドールハウスの家具の模様替えをした。お母さんをソファに座らせ、お父さんを台所に置き、窓辺に座らせていたいちばん古いクマのぬいぐるみを、しばらく抱っこした。クマのぬいぐるみで遊ぶのは久しぶりだ。ルスと同じように、クマも寂しい思いをしていたと思う。それから、影法師の物語を読んだ。影法師がやがて痩せぎすの人間になる話だ。

そのとき、母親が部屋をのぞきにやって来た。

「ルスに勉強机のランプを買うんだったわね。そうすれば、本を読んだり計算したり絵を描いたりするとき、よく見えていいでしょ」

ルスは胸が弾んだ。大きいパウリがいなくても、ランプ屋に行くのはいつも楽しみだった。音もなく静かに雨の降る日、ルスは母親とランプ屋に出かけた。遠くからショーウィンドウ越しにランプ屋の主人の姿が見える。きらびやかなランプに照らされながら、主人はパイプをくわえて本を読んでいた。パイプから煙がくゆることはない。ランプ屋の主人はずいぶん前に煙草を辞めたからだ。ただ、昔の癖で読書をするときはパイプをくわえている。夕闇から眩しいランプの光の中へ、ルスは足を踏み入れた。店内は電気と灯油の匂いが漂い、ランプに目が眩んでちかちかした。

「おや、こんにちは。ライヤとライヤのお母さんだね」

二人が店のドアを開けて入ってくると、ランプ屋の主人は驚いた様子で声をかけた。ランプ屋の主人は、お客さんが来るといつもこうだ。

「ルスよ」ルスは小さな声で言い直したが、ランプ屋の主人には聞こえていないようだった。ちょっと耳が遠いらしい。

「ランプをお探しかな?」

「ええ、もちろん」ルスの母親が言った。

「ライヤは、どんなランプがほしいのかな?」

「ルスです。ルスに読書ランプのいいものを」母親は大きな声を出した。

買いにきたのはデスクランプなのに、ルスは店の照明が気になって見て回った。フロアライトにブラケット、シーリングライトに色とりどりのペンダントライト。

「フィアット・ラックス!」ランプ屋の主人は新しいランプにスイッチを入れるたびに声をあげた。

ルスが気に入ったのは、緑の傘のランプ、白い紙でできた傘のランプ、それからドライフラワーがプレスされた押し花ランプで、押し花ランプはびっくりするくらい高価だった。

ルスがあまりに熱心にランプを見ているので、母親は待ちきれずルスを急かした。

「そろそろ決めなさい」

「オペロセ・ニヒル・アグント」

母親はランプ屋の主人を訝しげに見ると、主人がこう言った。

「急いては事を仕損じますよ」

「これがいい」ようやくルスが指さしたのは、赤みがかったシルクの傘のデスクランプだった。母親からすれば、読書ランプには勝手が悪そうに見えた。

「でも、それがいいのよね」

「大きいパウリは今度の土曜日に来る？」ルスがもじもじしながらランプ屋の主人に聞いた。

「来るとも。また、アフリカの星をやるのかい？」

「もし迷惑じゃなければ」

ルスと母親が帰るころには、雨もあがって星がでていた。家に着いて、買ってきたランプを母親に勉強机に取りつけてもらった。スイッチを入れた途端、部屋ががらりと変わった。ルスはぐるりと部屋を見渡して言葉を失った。壁も窓もドアもすべて以前と変わらないのに、新しい部屋を手に入れたように違うのだ。影は前よりも丁寧にお辞儀した。ランプ屋の魔法のランプの柔らかい光に包まれて、すべてが生きているルスの部屋が生まれ変わった。

詩人とバカ

Runoilija ja tylsämielinen

ランプ屋の主人は、巡査の息子のヴェイヨのことを桂冠詩人と呼んでいる。でも、それがなんのことなのか、知っている人はいない。ヴェイヨは、詩集『春の響き』に一節を発表してから、名前をベイヨからヴェイヨと書くようになった。それは愛の詩で、韻文ではなく自由詩だとヴェイヨは言う。

「ぼくは時代を先どりする。それはなかなか大変なんだ」

ヴェイヨは天気や季節に関係なく髪をのばし、都会の人みたいにショートジャケットを着て、スカーフを巻いている。

ヴェイヨはとにかくたくさんの詩を覚えていて、行くさきざきで暗誦していた。詩は韻を踏んでいたので、ヴェイヨの詩ではない。「白い帆かげがうかんでいる／青海原のさ霧がくれに[1]」、「谷を見おろす山頂の城[2]」、「王なる父は五つ尋の／水底深く横たわり[3]」、「ファラオ、夢みる人よ[4]」。

ヴェイヨは、これといって買う用事がなくても、ランプ屋にたまに立ち寄った。ただし、大きいパウリの若くて明るいおばさんがいるときだけだ。でも、おばさんはヴェイヨのことをだらしない人だと思っている。

「まともに書けないなら、製材所に行って働けばいいのに」

『春の響き』はヴェイヨがおばさんのために書いた詩だった。でも、おばさんの心に届かなかった。

ヴェイヨは大きいパウリのおばさんに憧れていた。そんなヴェイヨにアニタは憧れていた。アニタはクラスメートのトゥーリッキのいとこだ。体が大きく太っていて、バカ呼ばわりされている。年齢からすれば大人だが、心はまだ幼い少女だった。母親と二人暮らしで、母親の目を盗んで抜け出すこともあった。あるときは、ヴェイヨが親と住んでいる家の庭に行って、ヴェイヨに会いたいと思いながら白いブランコを何時間も漕いでいた。ヴェイヨはアニタに気づいて、台所の勝手口から気づかれないようにこっそり中に入ったらしい。

アニタは、子どもたちと遊びたくて校庭や遊び場によく現れた。リーオラー、とおりゃんせ、色鬼、だるまさんがころんだ、鬼ごっこ。子どもがしている遊びはとにかくなんでも一緒にしたがった。小さい子どものカラフルなゴムボールを持ってきて、皆のいるほうに投げては、投げ返してくれるのを待っている。アニタが投げると、ボールは溝に落ちて流されたり、いばらの藪に入ったりして遊びが中断されるので、子どもたちはそっと場所を変えて遊んでいた。

アニタは大人の体をした小さな子どもだとルスの母親は言う。

「どうして一緒に遊んであげないの？　危なくもなんともないのに」

「だって、アニタはバカなんだもん」

「いけないよ、ルス、そんな言い方しちゃ」祖母が言った。

「でも、本当だもん。まともにしゃべれないのよ」

「それは頭が悪いのとは違う。障害があるんだよ。アニタは知的障害者なんだ」父親が言った。

アニタはぶつぶつ言ったり、いきなり笑ったりする。そんなアニタと子どもたちは遊びたくなかった。アニタが校庭に現れると、トゥーリッキは気まずそうに建物の陰に隠れた。小さいパウリだけがだれにでもするようにアニタにしゃべりかける。そんなとき、アニタはにっこり笑って小さな子どものように話すのだった。

「どうしてアニタはああなの？」

「それはだれにもわからないわ。そんなふうに生まれついたの。だから、そのまま受け止めてあげなきゃ」

母親が言うと、祖母がこう続けた。

「それがあの子の運命さ。だれもが持ってる運命。幸運の星の下に生まれる人もいれば、そうでない人もいる」

「でも、アニタだって幸せかもしれないわ」

「どうしてアニタはそんな運命をもらったの？」

「答えはないよ。そもそも運命というのは偶然だからね」

父親の言葉に、祖母は声を荒らげた。

「そんなわけない！　だれにでも自分の運命は定められてるもんさ。ただ、あたしたちはそれがどういう運命で、どうしてそうなのか知らないだけだよ」

「ルスがアニタだったら、ほかの子と一緒に遊びたくない？」

「わたしはアニタじゃないもん」

「おまえはだれだってありうるかもしれないってことだよ」リストが言った。

「そんなこと絶対ありえない。わたしはわたしでしかないもん」

そう言った後で、ルスはよく考えてみるとだんだん自信がなくなってきた。考え出すと、きまって不安になる。そこが思考の悪い所だとルスは思った。

ルスは、玄関の大きな姿見の前に立ち、自分の姿を見て不思議に思う。そこにルスがいる。でも、なぜ、そのルスは、ほかの人の目じゃなくてルスの目を見ているんだろう。なぜ、アニタの目じゃないんだろう？　ルスは、自分の中にたくさんの人がいるようで目眩を覚えた。そのたくさんの人が自分の目を通して自分の姿を見たがっているような気がしたからだ。

アニタがまたボールを持って校庭にやって来た。皆にボールを投げようとしたら、ルスの目の前にボールが転がってきた。ルスはしゃがんでボールを拾って投げ返すと、アニタはボールを受け止めきれず、お腹にあたった。でも、とても嬉しそうに微笑んだ。ルスも思わず微笑み返した。

病気になったライヤ

Raija on sairas

白樺が金色に輝く澄みきった月曜日、ライヤは学校を休んだ。つぎの日もライヤは来なかった。マルヤ＝レーナとマルヤ＝リーサは二人だけで遊んでいるし、カーリナとトゥーリッキもそうで、ルスはつまらなかった。ライヤが学校を休んで四日目、村で噂になった病になったと先生から話があった。

先生があの病気の名前を口にしたとき、ルスは泣きそうになった。聞きたくない、そう思った。ルスは泣くのを堪えて、家に帰って泣いた。

ルスは、神さまの文字のことを思った。ライヤの中に、おそろしい病の名前が書かれていたのかもしれない。

「お母さん、ライヤのお見舞いに行ってもいい？」

「いけません。ライヤは隔離されていて、面会できないのよ」

「カクリってすごく遠いの？」ルスは、そんな名前の場所を聞いたことがなかった。

「ライヤは入院してるの。隔離っていうのは、病気が移るといけないから会っちゃいけないということよ」

「お医者さんも?」

「もちろんお医者さんや看護婦さんもそうよ」

「ライヤはすぐに治るの?」

「そう願いましょう。難病なの。治らない人もいるわ」

「ライヤは治るわ」

ライヤはつぎの週になっても来なかった。そのつぎの週も休んだ。十一月に入って、先生から二年生の皆にライヤが退院したことが告げられた。

「ただ、ライヤが歩けるようになるまで、しばらくかかるの」

「ライヤはもう歩けないの? 走ったりスキーしたりできないの? けんけんぱも?」ルスは先生に聞いた。

「ルス、歩けなくても、走れなくても、スキーやけんけんぱができなくても、それでも人は明るくいられるのよ」

(そんなの嘘よ。先生はわたしの質問に答えたくないんだわ)

そのとき、マルヤ＝レーナが手をあげた。

「うちの隣に目が見えない太ったおばさんが住んでいるけど、明るいです」

「太ってる人は明るいです」マルヤ＝リーサが手をあげずに続けた。

「先生！」エルサが手をあげた。

「わたしのいとこは耳が聞こえないけど、その子も明るいです。いつもじゃないけど」

「だれだっていつも明るいわけじゃありませんからね」

「でも、目も見えなくて、耳も聞こえなくて、しかも歩けないのに、それでも明るくいられますか？　いつもじゃなくても」

ルスが言うと、ヤンネが答えた。

「それだと死人だよ」

「でも、死んだ人がいちばん明るいわ」

エルサの答えに、皆はぎょっとした。先生ですら驚いていた。

「どうして明るいんだ？」

ヤンネが聞くと、聖堂番の娘らしくエルサはこう答えた。

「だって、死んだ人は天の喜びとともにあるんですもの」

二〇〇〇年

Vuonna 2000

ルスが一人で部屋にいると、風のような、雨のような、潮騒のような音が聞こえるときがある。

「ただの耳鳴りよ」

母親はそう言うけれど、聞こえているのは時の風だとルスは思った。すべてはその場にじっとして変わらないのに、時の風に吹かれて未来へ向かっている気がした。そこから無限の可能性が光を放っているかのようだった。ルスは、わずかに開いたドアの隙き間に立ち、ドアの向こうの無数のざわめきや笑い声、音楽や皿がぶつかり合う祝宴の音を聞いているように思った。

二年生と三年生と四年生は、将来のことについて作文を書いた。二〇〇〇年はどうなっているのか、そのころの自分たちはどんなふうになっているのか。まだ四十五年も先の話だ。今とまるで変わっているだろう。子どもはもはや子どもではなく、大きくなって仕事をして子どもを持っているかもしれない。請求書とか選挙とか天気といった真面目な話もしているだろう。幸せな人もいるだろうし、そうでない人もいると思う。書かれた神さまの文字は、そのときにはきっと実現している。でも、春や夏や秋や冬は変わらずそこにある。たとえ四十五年経っても、星も変わらずそこにある。

ところが、星は永遠ではないと大きいパウリが言った。時間が経てば経つほどそうだ。何百万光年も経てば、星だって消えてしまう。時間はすべてを変える。時間とは事象の変化なのだ。

「二〇〇〇年には、月行きの臨時便が毎日あります。人間は食事をしないで、カラフルな錠剤を飲んでお腹を一杯にします。部屋の掃除も、食器の片付けも、工場や製材所で働く必要もありません。なぜなら、ロボットがすべてやってくれるからです」リストはこう書いた。

聖堂番の娘のエルサは、「イエスが戻ってきて、良いことをした人を天国に連れていきます」と書いた。

マルヤ＝レーナは、「汚れたり皺が寄ったりしない布でできた、洗濯する必要のない服」について書いた。

トゥーリッキは、「寒くもなく、暗くもありません。冬には人工太陽が照らしてくれます」

と書き、マルヤ＝リーサは、「わたしには子どもが十人いて、孫が三十人います」と書いた。

ペンッティは、「二〇〇〇年には、全員が見えるラジオを持っています」と書いた。

ハンネスが「ぼくは大統領になって、アンテロが大臣です」と書けば、アンテロは「ぼくは町で清掃機を運転しています」と書いた。

「二〇〇〇年には、宇宙人が攻撃をしてくるから、ぼくらがそいつらに原爆をボンッと落として、やつらはウォーと悲鳴をあげて、それでやつらはこっぱみじんになります」こう書いたのはヤルモだ。

そして、ルスはこう書いた。

「二〇〇〇年になったら、わたしはロンドンと、パリと、カイロと、タンジールと、タンペレと、リーオラーに行っていると思います」

望遠鏡

Kaukoputki

　大きいパウリはとうとう望遠鏡を手に入れた。パリにいる母親が誕生日プレゼントに贈ってくれたのだ。美しい星空の夜、ルスとリストと小さいパウリはランプ屋の庭に集まって、大きいパウリの望遠鏡で星を観察した。ランプ屋の主人は店のランプをすべて消してくれた。ランプで目がちかちかして、星の観察の邪魔になるからだ。

「パウルスは自分の望遠鏡をもらったんだね。それは良かった。しかし、望遠鏡がなくとも、スブスペシスエテルニタテスで見れば、遠くも遠くからでも見える」

「ねえ、どういう意味？」ルスは大きいパウリにそっと聞いてみた。

「おじいちゃん、今、なんて言ったの？」

「なにか言ったかい？」

「スブなんとか」ルスが言う。

「ああ、それは永遠の相《そう》のもとに、ということだよ」

ルスは両手で支えるように望遠鏡に触った。真鍮でできた望遠鏡は、ひんやりして光沢があり、気品があった。ルスと小さいパウリは順番に望遠鏡をのぞいた。きらきら瞬く光の点は、大きいのや小さいの、明るいのや暗いのがあった。望遠鏡で金星や火星の風景がもっと近くで見えると思っていたルスは、すこしがっかりした。もっとよく見えたら、今までだれも気づかなかったことがわかったかもしれない。だれかが歩いていたり、走っていたり、飛んでいたりしていたら、地球や地球に住んでいる人たちは、この果てしない宇宙に一人ぼっちではないということがわかっただろう。

大きいパウリが変わった名前のついた星座をいろいろ教えてくれた。大熊、龍、キリン、キツネ、白鳥、トカゲ、髪。この星たちは、望遠鏡がなくてもわかっていれば見つかるのに、ルスはどう目を細めても、熊もキリンもトカゲもわからず頭をひねった。ほかにも、銀河と呼ばれるものは空全体を渡る霧の帯だと大きいパウリが教えてくれた。それも、見ようと思えばじかに見える。銀河のような星雲は宇宙には無限にあって、その霧の一粒一粒が太陽なのだ。

「その太陽たちにも惑星はあるの?」

「それはだれにもわからない。たぶんあって、たぶんない」

大きいパウリの答えに、ルスがこう言った。

「絶対あるわ！　だって、太陽は惑星のために存在していると思うもの」

変わった動物

Erityinen eläin

ヤルモは、地理の試験でカンニングをして居残りすることになった。先生には、うっかり膝の上に地理の本を置き忘れただけだ、と言い訳していた。

ヤルモの親友のヤンネが手をあげて、自分もカンニングしようとしたので居残りします、と言うと、ペンッティもこう言った。

「先生、ぼくも本を見ようとしたので居残りします」

「まったく、あなたたちときたら。いいですか、やったこととするつもりは違うんですよ。盗もうと考えているだけの人と、実際に盗んだ人は同じ罰を受けるべきだと思いますか?」

三人は黙りこんだ。授業が終わると、居残りのヤルモ以外は下校した。帰り道、ルスは行動することと思うことについて考えた。なにが正しくて、なにがそうでないのだろう。複雑でなかなか考えがまとまらない。考えていると、小さいパウリが走ってきてルスとリストに追いついた。

「ねえ、すごいよ」

「なにが？」

ルスが聞くと、小さいパウリがこう言った。

「昨日、ルスの家の上をものすごく大きな動物が飛び回ってたよ。ちょうどあの辺り」

小さいパウリは、煙突の上を滑るように流れてゆく雲を指さした。

「なんで鳥じゃなくて、〝動物〟なんだ？」リストが聞いた。

「そうとも言えない」

「そうとも言えないってどういうことだよ？　鳥じゃなかったら、家の上を飛べないだろ」

「そんなことないわ。蝶は飛べるわよ。トンボだって」

「翼はあったけど、鳥でも蝶でもトンボでもなかったよ。見たことのない変わった動物だった。あの雲くらい大きくて白かった」

「嘘吐くなよ」

「嘘なんか吐いてないよ。見たまんま話してるもん」

「イースターの白い魔女でも見たんだろ」

「でも、今はイースターじゃないよ」小さいパウリは真顔で答えた。

「その動物は長いこといたの？」ルスはすこし怖くなった。

「うん。ゆらゆらしながらずっとそこにいた。たぶんルスたちを見てたんだ。ワシみたいに目が利くんだね。ワシはなんでも見えるから。家の中まで見通すことだってできると思うよ」

「わたしたちは、その動物に見られていたってこと？　モグラみたいに出てきたら、さらうつもりだったのかしら？」

「違うよ。守りたいんだと思う」

「いったいなにから？」リストが聞いた。

「危険なことから」

「ということは天使かなにかってことか」

夕飯を食べながら、リストは小さいパウリの変わった動物のことを父親と母親に話した。ルスはなにも言わなかった。

「あの子の想像力はたくましいわね」

母親が呆れたように首を振った。父親もにわかに小さいパウリのことを信じられない様子だった。

「小さいパウリは鳥の形をした雲でも見たんだろう」

ルスは妖精の靴や鍵のかかった小箱のことを思った。
（わたしも変わった動物を見てみたい）

初雪が降る前に

Vaiban ennen ensilunta

音楽の時間になった。外は今にも初雪になりそうだ。

道は風に吹かれてどこ行くの
道は風に吹かれてどこ行くの
波は嵐にさらわれどこ行くの

ルスのお気に入りの歌だ。歌の評価はとびきり良くはなかったけれど、好きでいつも歌っている。学校が終わってリストの自転車「ジャガー」の後ろに乗せてもらっているときも、心の中で歌っていた。

雲はどこで眠っているの

雲はどこで眠っているの

ルスが乗っていようがリストは平気だが、ルスがうっかり自転車から落ちることを心配した両親は二人乗りを禁止した。艶のある赤いジャガーは女の子用でリストは不満だった。ただ二台も買えるほど余裕はなく、かといってルスは男の子用の自転車には乗れない。この自転車ならリストでも十分二年は乗れるだろうと、父親が言った。二人は、なるべく喧嘩しないよう話し合って交代でジャガーに乗った。

「ルス、寄り道して帰ろうか」

「どこ行くの？」

「湖」

リストはぐんぐん漕いだ。根っこや石や穴だらけの道のせいで自転車が飛んだり跳ねたりした。ルスは、お尻が痛くて、イタッ、アイタッ、と声をあげながら、心の中で歌っていた。

ねえ教えて
夜空の星はどこで休むの

湖の南岸に人知れぬあばら屋があった。煙突は崩れ落ち、窓は壊れていた。そこにだれも住まなくなって、すくなくとも百年は経っているように見えた。

かつては、お屋敷の庭のようにバラやオニユリが咲いていたのだろう。今は、立ち枯れた草が揺れているだけだ。ルスは、枯れたリラに覆われた小屋の朽ちかけたベンチに腰かけて、春になったらライヤとここに来ようと思った。

(家にある人形を全部持ってきて、オレンジサイダーでおままごとするのもいいかも)

「ルス、来いよ!」

二人は枯れた草を分け入ってガラス張りのベランダのドアまでやって来た。二重ドアが開くかどうか押したり引いたりしてみたけれど、錆びた錠前が掛かっていて開かない。ルスは爪先立って、割れた窓ガラスから中をのぞいてみた。中はがらんとしていて、床は埃をかぶり、オーブンは原型を留めていない。

(だれが住んでいたんだろう? 幸せな人? それとも不幸せな人?)

ルスの問いに答えるかのように、湿り気を帯びた風がひやりとルスのおでこをかすめた。家の中から風が吹いてくるなんてありえない。風は十月の湖畔より冷たくて、ルスはぶるっと震えた。オーブンの向こうの奥の部屋の暗がりで影が揺れたような気がした。それは天井に届かんばかりの長い影だった。

ルスは慌てて窓から飛びのいた。

「もう帰ろう！」

ルスは置き去りにされた家が好きになれなかった。

「まだまだ」

リストは壁に立てかけられた古びたソリを調べている。

「これは使えそうだ」

「どういうこと？　リストはハンドルつきのいいソリを持ってるじゃない。もう帰ろうよ！」

「これは持って帰る！」

リストは木馬の片割れを握っていた。色は落ちているが、わずかに赤が残っている。きっと赤い木馬だったのだろう。庭で木馬ごっこをしたり、ソリに乗って凍った湖の上を滑ったりしていた子どもがいたのだ。

（その子は今、どこにいるんだろう？　どこに引っ越して、どうしてるんだろう？）

帰りも森のでこぼこ道でジャガーは上下に揺れた。ルスは落ちないようにリストにしっかりつかまった。すると、歌がふたたび流れてきた。

人はどこへ、どこ行くの？
人はどこへ、どこ行くの？

「お帰り。遅かったわね。どこまで行ってきたの？」母親が聞いた。

ルスが行ってきた場所の話をすると、自転車でそんなに遠くまで行ってはいけないと父親が言った。

「ところで、だれの家？」

ルスが聞くと、父親がこう答えた。

「さあ、今はだれの家なのかわからないが、昔は、弁護士の家族が住んでいたらしい」

「弁護士に子どもはいた？　その子の名前は？」

「おいおい、だれもそんなこと覚えていないよ。その子が生きているとしたら、もうずいぶん年だね」

「お父さんよりも？」

「おばあちゃんよりも。それからランプ屋の主人やお屋敷のアイノマイヤよりも」

いなくなった小さいパウリ

Pikkupauli on kadonnut

「小さいパウリはどうしちゃったの？」

村のだれもが尋ね合った。けれども、小さいパウリの行方を知っている人はいなかった。ある日、小さいパウリはいつも通り学校に来て、家に帰って来なかった。

小さいパウリがいなくなったことを聞いたアイノマイヤはおいおい泣き出し、オオカミに食べられたに違いないと言った。

「忘れもしない、そうあれは一七〇〇年のこと。農夫の息子が三十四匹のオオカミにさらわれたんですよ」

「アイノマイヤ、いいかげんにして」小さいパウリを探しにお屋敷に駆けつけてきたミルダが言った。

「そんな怖いこと言うのはよして。しかもあなたが生まれる前のことじゃない。あなたが覚えているわけがないでしょ」

「自分がなにを覚えているのかわかっていますよ」

ヤルモは小さいパウリと学校でこんな話をしていた。

「今日ね、動物に会わなきゃいけないんだ」

「なんの動物だよ」

ヤルモの質問に、小さいパウリは「名前がない動物」と答えたと言う。

もしかしたら家の上空を旋回していた動物のことかもしれないとルスは思ったけれど、口にしなかった。

ミルダは占い師のベッラを訪ねて、小さいパウリの居所を聞いた。

「ハサミや指輪の居所がわかるんだから、わたしの息子の行方もわかるでしょ。ねえ、教えてちょうだい」

ベッラも小さいパウリのことをかわいがっていた。しばらく口をつぐんでいたものの、ミルダにカードを二枚ほど引かせた。ベッラは引かれたカードを見ていたが、脇へ寄せて両手を目にあてると、こう言った。

「きらきら光ってる」

「光ってる？　水が光ってるってこと？　父親と同じようにあの子は川に入っちゃったの？」

小さいパウリは、壊れそうな筏で父親を探しにまた海に出たのかもしれない。ミルダは巡査と村の男衆と川の畔を探してみたけれど、いっこうに見つからなかった。巡査は森を探すことに決めた。秋も深まると、夜は冷えこむ。小さいパウリが凍えないうちに見つけださなくてはならない。伯爵夫人とアイノマイヤまで捜索隊に加わり、先生、郵便配達員、聖堂番、牧師も揃って森のはずれに集まった。ベッラは集団のいちばん後ろについて歩いていた。黒いビロードのスカートが苔生《こけむ》した地面にあたり、カサカサと音を立てた。ランプ屋の主人は懐中電灯を捜索隊に配ったが、ほとんどがカンテラを持ってきていた。犬がけたたましく吠え、明かりがちらちら揺れる。小さいパウリを呼ぶ声が遠くや近くで木霊《こだま》した。

(このまま小さいパウリが見つからなかったら、もう前みたいに小箱を開けられない。開けるたびに泣いて、妖精の靴を見ることになるんだわ)

ルスとリストと大きいパウリは、ほかの子どもたちと捜索隊について行ったけれど、祖母はいい顔をしなかった。さらに迷子が出ることを心配したのだ。

「いいかい、口笛は吹いちゃだめだよ。ヘビを呼んじゃうからね」祖母は言った。

口笛を吹こうなんて思いつく人はいなかった。詩人のヴェイヨは、いつものように詩の一節をつぶやきながら、鬱蒼としたモミの林を探している。

「ひとの世の旅路のなかば、ふと気がつくと、私はますぐな道を見失い、暗い森に迷いこんでいた[5]……」

鳥の群れが一斉に鳴き声をあげて沼から飛び立ち、バサバサと鋭い羽音を立てた。その晩は嵐になった。風車の羽根は勢いよく回転し、白樺の梢は揺れ、葉は残らず風に煽られ宙を舞った。捜索隊の声は唸る風にむなしく掻き消されながらも、ルスとリストと大きいパウリは繰り返し呼び続けた。ヤルモはほかのだれよりも大きな声で呼びかけていた。

「小さいパウリ！　小さいパウリ！　どこだー？」

「お兄ちゃん、あそこにいるのだれ？」

ルスはマントをはおった老人を見たような気がした。マントの裾が風に翻《ひるがえ》り、老人は杖をつきながら岩の向こうをじっと見ている。

「だれもいなかったぜ。クマかオオカミだろ」

それはクマでもオオカミでもなかった。ふたたび老人の姿が見えた。今度は老人は背を向けて石の上にじっと座っている。

「ほら！」ルスはリストに声をかけたつもりだったのに、隣にいたのは老人だった。モミの影が大きく揺れ、老人は心持ちルスのほうを向いて杖を天にかざした。脅すというよりもなにかを指しているようだった。杖についた銀の玉が鈍く光り、小暗い森の奥を指している。老人は無言のままルスに指で方角を示すと、老人とは思えないほどしなやかに石の上から飛び降りた。ルスはまるで夢を見ているみたいに突き動かされ、小気味いい老人のあとについていった。一面に広がるコケモモも道をはばむ倒木も、おかまいなしに突き進んでいく。なんという目にも止まらぬ軽快な足どり！　老人の足は地面につくというよりも、宙に浮いているようだった。ルスが遅れをとると、老人はスピードを緩めて、杖の銀の玉を差しだした。ルスが玉を両手でしっかり摑むと、暗がりに明滅するベニテングダケや小枝をかすめながら、地面に足をつく間もなくさっそうと進んでいった。赤毛のキツネは、二人のあまりのスピードに、くわえていた子ウサギを落としてしまうほどだった。ルスの長靴は脱げ落ちたけれど、気にならなかった。風のような時のざわめきを聞きながら暗がりを駆け抜ける。髪はなびき、スカートは翻り、ルスは杖の玉から手をいっときも離さなかった。

ふいにぱっと明るくなったかと思うと、嵐雲に入った亀裂から青白い月がのぞいていた。気づけばルスは森の開けた場所に降り立ち、老人の姿はもうなかった。辺りはしんと静まり返り、月が草むらを照らしている。月は泉の水面も照らし、泉の畔に座っている小さいパウリも照らし出した。小さいパウリはもう一つの月が映し出された泉を静かに見つめていた。

「小さいパウリ！」ルスは嬉しさのあまり声をあげた。

「ルス！　ルスも足跡をつけてきたの？」

「足跡っていったいなんのこと？　小さいパウリの？　だったら違うわ。おじいさんについてきたのよ」

「おじいさん？　ランプ屋のおじいさんもここにいるの？」

「ちがうわ。別のおじいさんよ。でも、ランプ屋のおじいさんも小さいパウリのことを探してるわ」

ルスは、別のおじいさんが弁護士の幽霊だとはなかなか言えなかった。弁護士は百年以上も前に墓地で安らかに眠ったはずなのだ。ルスの目の前で、銀色の小さな玉が草むらをすーっとよぎった。

（いつの間に手から落ちたんだろう？）

「ねえ、あそこにあるのが、さっき話したおじいさんの杖の玉よ」

ルスは玉を拾うと投げ返した。銀色の玉だと思っていたのは、空気みたいに軽い空っぽの蜂の巣だった。

ルスは思わず泣きたくなった。

「今すぐに家に帰ろう」

そうは言ったものの、どっちに向かって歩けばいいのかルスにはさっぱりわからない。

小さいパウリは泉を指さして、こう言った。

「ぼくはまだ待ってる。水の中に潜ってるんだ。そこに住んでるんだよ。もう一回あがってくるのを待ってる」

「なにが？」

「だれも知らない動物だよ」

「家に帰るのよ。村の皆も探してるんだから。わかるでしょ？　リスト！　お父さん！　こっち！」ルスは思いきり声を出した。

すると、草むらに近づいてくる声が聞こえてきた。息を切らして飛びこんできたのはミルダで、泣いたり笑ったりしながら小さいパウリを抱きしめた。

「お母さんも足跡をつけてきたの？　皆も動物を探してるの？」小さいパウリは目を丸くした。

「そんなわけないでしょ。あなたを探してたのよ。あなただけ」ミルダは鼻をすすりあげた。

「デオ・グラティア！　神さま、ありがとう！」先頭集団にいたランプ屋の主人は倒れこむように駆けつけた。

「ルス、なんで先に行ったんだよ？　長靴まで脱いでさ。藪の中に脱ぎ捨てただろ」リストが言う。

ベッラも肩で息をしながら草むらに姿を現した。長いビロードのスカートには針葉樹や小枝がびっしりくっついている。ベッラも皆も、小さいパウリを見て喜んだ。伯爵夫人ですらあまりに嬉しくて皆をお屋敷のパーティーに誘ったほどだ。

「春になったらね」

伯爵夫人が言うと、ヴェイヨも感激して詩を詠んだ。

「心の安らぎよ、黒い大地のユリとバラ、どんなときも離れはしない[6]」

月の光に目が眩み、泉が輝く。占い師のベッラに見えた光るものは、きっとこのことだったのだ。帰る途中も、小さいパウリはミルダの肩越しに映し出された月の光を見ていた。

焚き火

Nuotio

ルスは、村の皆から小さいパウリを見つけたことでお礼を言われた。

「すごいわ！　小さいパウリがそこにいるってよくわかったわね」

でも、ルスが見つけたわけじゃない。

本当のことを話したかったけれど言えなかった。家族にはおじいさんが案内してくれたと話した。

「おじいさんって、いったいだれ？　ランプ屋の主人？」

「ううん、違う」

「だったら、きっと聖堂番でしょ」

「聖堂番じゃなかった」

「でも、小さいパウリを探していたおじいさんって、この二人くらいよ」

ルスは言葉に詰まった。その男の人が弁護士だとは言えなかったのだ。名前も生まれた日も死んだ日も墓碑に刻まれていて、しかも百年も前のこと。話してもわかってくれる大人は、きっとお屋敷のアイノマイヤくらいだろう。弁護士の幽霊が道案内してくれて、いつの間にかいなくなったことを、小さいパウリには打ち明けた。

「そうなんだ!」

小さいパウリはちっとも不思議がることなく、ルスを信じた。ルスも小さいパウリを信じていた。ただ、まるまる信じていたわけではない。小さいパウリが泉で見たという動物には、鱗があって翼がついていて四つ指だったらしい。陸でも水中でも生活できて、空ももちろん飛ぶ。さらに、足が逆さまについているので、足跡から行き先を判断しづらいのだ。なんて変わった動物だろう!

「家の上を飛んでいたのと同じ動物?」

「たぶん」小さいパウリは真顔になった。

「なんて名前?」

「ポポロッティ」

「よく知ってるわね」

「だって、ぼくが名前をつけたから。ポポロッティみたいだった」

この事件の後、弁護士を目撃した人はいない。アイノマイヤや小さいパウリですら見ていない。マントをはおって、つばの広い帽子をかぶって、夜になると飛ぶように走ったり、ぴょんぴょん跳んだりすることもなかった。

弁護士は安らかに眠ったのだとルスは思った。小さいパウリを救ったことで、どんな罪かはわからないけれど償ったのだ。これでようやく、ほかの死者と同じになった。墓碑の下でゆっくり眠っているか、天国に行ったか、霊界に行ったか、楽園に行ったか、死者が行くところに行ったか、あるいは地上を休みなく吹き渡る風になったのだ。

小さいパウリの失踪と発見の後、ルスは真夜中に物音で目が覚めた。起きあがって、玄関をのぞくと、父親が長靴を履いていた。

「ルスは寝てなさい。火事らしい。うちは大丈夫だから」

窓から見てみると、村は赤い空に覆われ、空は無気味に揺れていた。ルスは怖くなってベッドに戻り、毛布を頭からかぶってそのまま眠った。

朝になって、ルスとリストは弁護士の昔の家が火事になったことを父親から聞かされた。家の中には山積みになった梁が焼け残っていたらしい。浮浪者が暖をとるために部屋の真ん中で焚き火をしたのだ。なぜ家の中で焚き火をしたのか、村の皆は怪訝な顔をした。でも、ルスはそれほど不思議に思わなかった。あの日見たあばら家は寒々しかった。ひんやりとした空気と天上まで届く影。風は家の中から外に向かって割れたガラスから吹いていた。浮浪者のしたことはよくないけれど、わかる気がした。

ランプ屋の主人のこと（ヴェイヨの話）

Lamppukauppiaan vuosi (Weijon kertomus)

細い道なりに、草むらと畑に囲まれて古い家がぽつんと立っている。一階は店になっていて、ショーウィンドウの眩しい光は、遠く畑の向こうの森の外れまで照らしていた。ヘラジカやキツネやなかなか顔を出さないモグラも、こっそり木の陰から光を見ている。朝早くから夜遅くまで明かりは皓々《こうこう》と点いているのに、人通りはめったになく、買う人はもっといない。時計が十二時を打つと、ショーウィンドウはさっと明かりを落とす。

店にはランプと照明器具がたくさん置いてある。ランプ屋の主人は奥の部屋に住んでいて、カウンター越しに座って辛抱強くお客さんを待っている。主人は売り方を心得ていて、いったんランプ屋に立ち寄ったお客さんは、だいたいランプを買っていく。ところが、一日待っても、一週間待っても、一ヶ月待っても、客足がないときもある。

一月、ランプ屋に会計士がやって来た。会計士は借り方とか貸し方といったようなことならなんでも知っていて、計算が得意だった。会計士はランプ屋の会計をチェックしているので、ランプ屋の主人はとても丁寧に接客した。

「収入と支出の計算がよくできて、計算間違いや偽装に気づくようなランプがほしいですね」

「こんなタイプはいかがでしょう？」

ランプ屋の主人はそう言うと、緑のガラスシェードに銅製の脚がついたランプを持ってきた。

「これにしましょう。ただし、すこしでもお安くなれば」

つぎにお客さんが来たのは二月だった。村で唯一の詩人だ。自費で一冊の詩集を出したばかりだった。しかし、買う人もなく書評も出なかった。それでも詩人はたくさんの人に贈ったので、もしかしたら読んだ人が一人くらいはいるかもしれない。

「いらっしゃいませ」

「詩が書けるランプがほしいんです。いい詩が書けそうな」

「そうですねえ……見てみましょう」

ランプ屋の主人は会計士に勧めたものと同じ緑の傘のランプを詩人に見せた。詩人はランプをよく見ると、首を振った。

「これは、収入や支出や借金を計算するようなランプですね。会計士とか監査役とか銀行家にはいいでしょうが、詩を書くには理想的とは言えません」

「ではこちらは?」

ランプ屋の主人は伸縮自在のスチール製アームがついたランプを見せた。

「これは建築家に向いています。とても貧しいのに家を建てようと思っている新婚さんのために設計図を描いたり、定規で線を引いたりするためのランプです。リズムと比喩というのは、それとはまた違う照明がいるものですよ」

「なるほど、やっとわかりました」

ランプ屋の主人は箱から獣脂蠟燭を探り出すと、廉価な燭台に立てた。

「すばらしい。これにします」

三月、ランプ屋を訪ねたのは若い女性だった。

「どんな部屋であれ、どんな住人であれ、美しくしてくれるランプはありますか?」若い女性は、婚約者のために夕食を作ることになっていた。

「わたしを美しくしてくれるランプがほしいんです。わたしだけじゃなくて、これから作る食事も婚約者も!」

「そうですねえ。ええ、そういうのもございますよ」

そう言うと、ランプ屋の主人は房飾りのついたバラのような赤い傘のランプに明かりを点けた。すると、部屋が朧げな光に包まれた。

「これください」女性はうっとりしながら言った。

春になった。夜は次第に短くなり、夕焼けと朝焼けの間の一条の細い線になった。春はだれも店を訪ねて来なかった。きっと、溢れんばかりの空の光で十分だったのだろう。

それでも、四月に、金魚のためのランプを探しにアクアリウム男が店にやって来た。

五月にやって来たのはお屋敷の伯爵夫人だ。盛大にガーデンパーティーをするので、リンゴの木の枝に吊り下げるカラフルなカンテラを買いたいと言う。ランプ屋の主人は、朝焼けのような赤、憂いのある青、麦秋の黄色、川の水のような緑といった色とりどりのカンテラを売った。

六月にふたたび若い女性が店を訪ねてきた。今回は夏至の花嫁として、結婚式のための華やかな照明と、家や庭や門扉につけるランプを求めた。

七月に訪れたのは漁師だ。明かりで魚を集めるので舟の先に下げるランプを探していた。

八月にランプ屋にやって来たのは巡査だった。巡査の制帽が見えると、ランプ屋の主人はすこしたじろいだ。

「買いにきただけです。派出所に新しくランプをつけるんですよ。隠し事をしていないかどうかわかる蛍光灯がいいですね」

「百二十ワットまでご用意しています」

「嘘なのか真実なのか、良い人なのか悪い人なのか、見分けられるランプなんてありますか?」

「ございます。わたしのランプの明かりのもとでその人の目を見れば、良いか悪いかわかりますよ」

九月、母親と一緒に小さな女の子が店にやって来た。学校が始まったので、本を読んだり絵を描いたり計算したりできるデスクランプを買いに来たのだ。

十月には、ニワトリを飼っているおかみさんが店を訪ねた。ニワトリが冬の間も卵を産んで、主人に固ゆで卵を毎朝出せるような、鶏舎を暖めてくれるランプを探しに来た。

どのお客さんもランプ屋の主人の接客を受けてランプを買って満足して帰っていった。ところが、十一月に来たお客さんには満足のいくランプが売れなかった。

秋も終わりに近づいた凍てつくような夜、この辺りでは見ない紳士がランプ屋のショーウィンドウの前で足を止めた。どこから来たのか、そして、どこに行くのか。ランプ屋の主人は遠くから様子をうかがっていた。紳士には荷物も連れもなく、気の向くままに道を渡って来る。こんな時期に人が通るなんて珍しいことだった。夏は、ペンションやサマーコテージに向かう豪華な車が走っているが、秋の夜は人気もなく暗いだけだ。

紳士は年を取っていて古風ないでたちだった。黒いマントをはおって、つばの広い帽子をかぶり、銀の玉のついた杖をついていた。ランプを買いに町から来たのかもしれない。しかし、こんな見渡すかぎり畑ばかりの小さなランプ屋に、どうしてわざわざ来たのだろう？　町には大きなデパートがあって、照明器具売り場の品揃えは比べものにならないくらい豊富だ。それなのに、どうしてランプを買うためにこんな田舎まで？　店の前で見知らぬ紳士は長いこと立ちつくしたまま動かない。ランプ屋の主人もカウンター越しに紳士の様子をうかがいながら、店に入ってきてランプを買ってくれないものかと思った。ずいぶん待った後、ついに紳士はぎごちなく外階段を上り、ゆっくりとドアを開けて、店に入ってきた。

そのとき、ショーウィンドウのランプが一斉に点滅し始めた。すっかり明かりが消えたものもあれば、消え入りそうになったものもある。

「いらっしゃいませ」

ランプ屋の主人は、ランプを気にしながら声をかけた。

（遠くで雷でも鳴っているんだろう。老木が電線の上に倒れて配電に不具合が起きたのかもしれない）

いずれにしても、新しいお客さんにランプ屋の主人は喜び、こう言った。

「なにかお探しですか？」

「あなたが光を売ってらっしゃるご主人ですか？」

紳士はにこりともしない。顔色は悪く、痩せ細っていた。

「光というより、ランプや照明器具ですが。灯油ランプにガスランプ、それから電気ランプ。扱っているのは、だいたい電気ランプばかりです。白熱電球ですよ。明るくて百ワットですが、うちのはもっと暗めの二十五ワットのものがほとんどです。でも、蠟燭もご用意してあります」

「光ではないんですね？」

「ランプに使う灯油やガスや電気を売っている人はいますが、光だけなんて聞いたことありません」ランプ屋の主人が言った。

「もっとも大切なのは光です」

「もちろんです。ランプは光あってこそですから。どのランプにも光はあります。そうでなければ、ランプでもなんでもないでしょう? うちでは、大小取り揃えてあります。天井照明、フロアライト、テーブルランプ。広間や寝室、それに台所やガーデンパーティー用。それから、クローゼット用、玄関ホール用、工事用のスポットライト、二人の夜のためのムードランプもご用意してあります」

「しかし、わたしがほしいのはランプではなく光なんです。できれば太陽の光が」紳士は顔色を変えずに言った。

「お客さん、それは売っていません。だって、それは買わずとも手に入るでしょう。太陽はだれにでも照っているんですから」ランプ屋の主人は呆れたように言った。

「そんなことありません」

「日が照ればそうですよ。もちろん、夜や、曇りや、今の時分のように秋ですと、そうそう日は射しませんが」

「わたしの国にも射しません」

「お国はどちらです?」

「闇に包まれた国です」

なんとも奇妙な返事だったので、主人は怖くなった。

「いったいそんな国、どこにあるんです？」

「ご存じのはずです。ご主人だけでなくだれでも知っています。ただ、忘れたいんですよ」

ランプ屋の主人は言葉が出なかった。ランプの明かりは今にも消え入りそうで、紳士の姿がよく見えない。見知らぬ紳士のまわりにどんどん影が集まって、固まっていくようだった。

「つまり、光は売ってくれないんですね？　光だけでいいんです」

「売れません。いったいどうやって売るんです？　どうやってお包みして、それをどうやってお客さまは持ち運ぶんですか？　明日までお待ちください。天気予報によると、明日は晴れるそうです。明日は太陽がでますよ。買う必要はありません。ただ、日照時間はそんなにないですが。十一月ですからね」

「わたしに明日はありません。わたしにあるのは夜だけです。これがずっと続くんです。いつも十一月なんです。それではわたしはこれで、さようなら」

青白い顔をした紳士はくるりと踵《きびす》を返して、店を後にした。後ろ手でドアを閉めた瞬間、ランプが以前のようにまばゆく輝き、影は光から逃げていった。

青白い紳士は間違っている。十一月は永遠に続かない。十一月は三十日しかなく、毎年同じように十二月になる。十二月は書入れ時なので、ランプ屋の主人にとって楽しみな月だった。

十二月のランプ屋は、針葉樹を編んだリースや緑や赤や青や黄色のランプで飾られ、その月にランプ屋のお客さんが一斉に戻ってくる。巡査、会計士、詩人、夏至の花嫁、アクアリウム男、小学生の少女、おかみさん、漁師、果樹園を持っている伯爵夫人。青白い紳士をのぞいて、今までのお客さんがランプ屋にやって来る。新しいお客さんも来たけれど、皆同じものをほしがった。クリスマスのランプ、モミにつける蠟燭、獣脂蠟燭、ステアリン蠟燭、ベツレヘムの星、門柱に巻きつける光るロープライト。

クリスマスの日、村全体が雪とランプ屋のランプに照らされる。光は夜空に放たれ、遠い太陽たちに放たれる。きっとだれかが遠くから村を見ていて、そこはいったいどんな場所で、どんな人たちが住んでいるのか不思議に思っているのだ。

ワクチン

Rokotuspäivä

クリスマスのつぎの日、一斉に学校で予防接種が行われた。毛糸の靴下を二枚重ねても指先が凍りつくほど寒さの厳しい日だった。感染病を防ぐための予防接種で、これでもう病気にかかる子はいなくなる。ルスは、何日も前からワクチンが怖くてたまらなかった。

「ほんの二、三分ずきずきするだけよ。歩けなくなったり機器に繋がれたりすることに比べれば、たいしたことないでしょ」

母親が言うと、リストがこう続けた。

「棺桶に入れられるよりはましだろ」

「ライヤもワクチンを受けるの？」

ルスが聞くと、父親が答えた。

「その必要はないよ。ライヤにはもう免疫があるからね」

「それって、なにかの駅の名前？」

父親は笑いながら、駅とは関係ないよ、と言った。

「バカだな！」

「それじゃリストに免疫について説明してもらおうか」

結局リストは説明できずに、父親が続けた。

「免疫は病気に対して抵抗力があることだよ。ライヤは、体内に抗体を持っているから、同じ病気に二度とかからないんだ」

「タイナイって？」

「人間の体の中ってことだよ」

「二人もワクチンを受ければ、免疫を持つことになるわね」母親が言った。

「ワクチンってお薬のこと？」

「薬じゃない。病気に備えてワクチンを受けるというのは、その人に同じ病気のバクテリアを注射することなんだ」

「うそっ！　だったら、わたしはワクチンなんか受けない」ルスは泣き出した。

「ルス、心配ないから受けなさい。いいかい、注射するバクテリアは病気にならないように変えられているんだ。ただ、ワクチンを受けた後は、病気にかかったことになる」

そう言われてもよくわからなかった。ルスは皆と同じようにお尻に注射された。しばらく疼いただけで、痛みはなくなった。これでルスは免疫ができて、小児マヒになる心配はない。

「ライヤはどうして病気になる前にメンエキにならなかったの?」

「そのときはワクチンがなかったんだ。今ようやく、こうやって使えるようになったけどね」

父親が言った。

「ライヤは運が悪かったのよ。ほかの子もそうだけど」

母親はそう言ったものの、運が悪いとかそういうことではないとルスは思った。意地の悪い病気の名前が、目に見えない文字でライヤに書かれているせいだと思ったのだ。

「義足をつけたらライヤは歩ける?」

母親は、原因は足ではなくて、神経が通っているようなもっと深いところにあると言った。

「お腹の中?」

緊張するとルスのお腹は調子が悪くなる。

(きっと神経はミミズみたいなもので、そこでのたうちまっているのね)

「お腹というより背中でしょうね。もしかしたら、頭の中かも」

「ライヤはヒルドゥルおばさんみたいってこと?」

「どういうこと？　ヒルドゥルおばさんは足は悪くないわよ」

「でも、神経が悪いってお父さんが言ってた」

「それはまた別の話よ」

「どういうふうに別なの？」

「神経が違えば、悪いところも違うのよ」母親は溜め息を吐いた。

無益なひととき

Hyödyttömiä hetkiä

ルスは八歳の誕生日に本を三冊もらった。一冊は『ヨスタ・ベルリング伝説』、二冊目は『雨の日の遊び方』、三冊目にはなにも書かれていなかった。空白の本には、友だちに切り抜きを貼ってもらったり、思いついたことを書いてもらったりしたくて、まずマルヤ＝レーナに声をかけた。マルヤ＝レーナは本を家に持って帰って、つぎの日返してくれた。一ページ目を開くと、天使の切り抜きが貼られていた。天使は金色の輪をつけて、赤や黄色のバラが零れんばかりに入った花籠をさげていた。マルヤ＝レーナはわかりやすい大きな文字で天使の絵にこう添え書きしていた。

光のごとく恵みたまえ
冬を壊し
北の地から氷を払い

花を降り注ぎたまえ

地理と歴史の授業の後、ルスは先生にも書いてもらうようお願いした。先生はしばらく考えて、こう書いた。

汝の心よ、手の力よ
兄弟たちのために使いなさい
無益なひとときは
才を無駄にするようなものです

すこし不思議な詩だと思った。まず、ルスには兄弟が一人しかいないし、リストの手のほうがずっと大きくて強いのに、どうしてリストのために手を使わなくてはならないのかわからなかった。ルスが手こずるいちごジャムの蓋も、リストはなんなく開けるのだ。

「サイってなあに?」ルスは母親に聞いた。

「才能のことよ」

「無益なひとときって、遊んでいるときのこと？」

「そんなことないわ。遊びはいつだって有意義だとお母さんは思うけど」

「真面目に遊びなさい、ルス。遊びは子どもの仕事だよ」祖母が言った。

「お父さんも書いていいかい？」

お父さんはこんな一節を書いた。

あなたの道を行きなさい
春風に目覚めるように
昼と夜が尽きぬように
花がいつも香るように

その日の晩、父親の兄のヘンリックおじさんが訪ねてきた。ルスはヘンリックおじさんのことが大好きだったので、おじさんにも書いてもらうようお願いした。

思い出の本は心にある

そこに日々のしるしをつけなさい
あなたの喜びと悲しみを移しなさい
見えたものはなんなのか、感じたことはなんなのか
月日はめぐり、一月はふたたびやって来る
ルスよ、世界はあなたに開いてゆく
その大いなる美しき大地の
たくさんの不思議も、たくさんの知恵も、たくさんの栄光も

ライヤの新しい椅子

Raijan uusi tuoli

ある日の朝、教室に入るとライヤがいた。ルスは嬉しかった。ところがライヤは、今までとは違う椅子に座っていた。それは、厚くて黒いタイヤの車椅子だった。

「おはよう！」

「おはよう」ライヤはだれとも目を合わさずに小さな声で返事をした。瘦せて白くなり、三つ編みのボリュームもなくなっていた。でも、髪の先に新しい緑のリボンをつけていた。三つ編みを引っぱる子はもういない。休み時間になると、男子は車椅子に釘づけになった。リストは、かっこいい、と言った。

「ライヤ、押してもいい？」

「いいわよ」

ルスは校門まで押して、カリ＝ペッカが校門から階段まで押して、マルヤ＝レーナが学校をぐるりと一周した。ヤルモはあまりに強く押すので、先生から止めなさいと注意された。車椅子は一人で漕げるけれど、つぎの休み時間にはまたルスが押すことになった。女子がけんけんぱやだるまさんがころんだをするときは、遊んでいる様子がよく見えるほうにルスは車椅子を向けた。でもライヤのしたいようにさせた。ライヤは校庭のフェンスのそばから見るときもあれば、教室に戻るときもあった。

校庭から歩道に続く道は急な坂だった。雪がとけ始めるころ、男子が車椅子を貸してほしいと言い出した。ライヤは嫌がっていたけれど、チョコバーをくれるというので貸すことにした。ヤンネとカリ＝ペッカはライヤを階段に座らせた。ルスもライヤの隣に腰かけて、チョコバーを半分こにした。ヤンネとカリ＝ペッカとヤルモは車椅子に乗りこんで、雄叫びをあげながらものすごいスピードで坂を二回滑った。二回目は危うく転倒しかけて、ライヤとルスも悲鳴をあげた。三回目を滑ろうとしたとき、先生が来る、とライヤが声をあげた。

先生は駆けつけると、目を吊りあげて車椅子を摑んだ。

「なにやってるの！　これはとっても高いものなんですよ。壊れてしまったら、ライヤは学校に来れなくなるでしょ！」

先生はライヤにもすこし怒っていた。たとえチョコバーを十本あげると言われても、もう二度と男子に貸さないようにきつく言った。

お盆に盛った風景

Maisemia lautasella

「主よ、あなたはわたしを究《きわ》め、わたしの行いをご存じです。わたしがどこにいようとも、あなたに隠すことはありません。寝ているときも、座っているときも、立ち上がっているときも、歩いているときも。主よ、あなたはお気づきです。わたしがどの道を行き、なにをひそかに思っているのかを[7]」

　朝の礼拝でこんなふうに賛美歌が歌われたけれど、ヤルモは、たとえ神さまでもヤルモの家のジャガイモを貯蔵している地下室までは見えないはずだと言った。レンガ職人のヤルモの父親が、壁を特別に厚く造ったからだ。

「学校が終わったらさ、うちに来いよ」

　ヤルモの誘いに、ルスは怪訝な顔をした。

「なんで？」

「地下を見せてやるよ」

家に帰ってきたルスは、ヤルモにジャガイモの貯蔵室に誘われたことを母親に話した。母親はかっとなって、いけません、と言うので、その日の夕方もルスはライヤと遊んだ。

ライヤにはもうできないことがある。縄跳び、けんけんぱ、川遊び、それから自転車で旧市街へ行くこともできない。でも、ルスはライヤと一緒にいると、ライヤができない遊びのことはすっかり忘れて、ライヤができることだけを考える。それだって数えたらきりがない。石や花や動物になって遊んだり、だれにも気づかれないように鳥の言葉で早口で秘密を話し合ったりした。ライヤは、ヘアスタイルを毎日日記につけていた。その日の髪型やリボンの色のことを書くのだ。本を読んだり、絵を描いたり、ドールハウスを模様替えしたり、紙人形のためのおしゃれな服を考えたりもした。ライヤがリタ・ヘイワースになったり、ルスがエリザベス・テイラーになったりして、どっちが美しいかで喧嘩になったこともある。アフリカの星も、以前と変わらず楽しんだ。そのときは、車椅子をランプ屋の表玄関に置いて、リストと大きいパウリがライヤを抱えて急な階段を上る。大きいパウリの部屋には鉄製ストーブがあって、毎週土曜日はストーブに火を入れた。火が入ると、熱すぎるくらいだった。

四月になると、学校の帰りにライヤとルスは風景ごっこをするようになった。ルスが、学校のフェンスの裏手から石を拾って、ブルーベリーやコケモモの小枝や、スギゴケやミズゴケを摘んでいる間、ライヤは車椅子に座って森の道で待っていた。ルスの家の食卓で苔と小枝と石を分け合い、ライヤは鉄板のお盆に、ルスは大きなガラスのパイ皿に風景を盛った。お盆とパイ皿に苔を敷き、そこに小枝を挿し、美しい小石を置いた。すると、苔は草むらになり、苔に突き刺したブルーベリーの小枝は白樺になり、砂利道で拾った小石は小高い岩となった。母親から羊の置物を借りて置けば緑の牧草地だ。

「ライヤ、見て！」

ルスは、母親の丸い手鏡を風景の中に置いた。苔の真ん中に置かれた手鏡は、穏やかな湖になった。

「うわぁ！」

ライヤも自分の湖をほしがったので、ルスはアルミホイルの切れ端を持ってきた。ライヤの湖はルスのよりもずっと大きい。アルミホイルにはすこし皺が寄って鈍い光を放っていて、湖面に風が吹いているようだった。赤い石は湖にぽつんと浮かんだ花崗岩の島になった。島に小人の置物を置くと、ライヤがこう言った。

「釣りをしてるわ」

島に通じる小さな橋がわりにライヤがマッチ棒を置くと、今度はルスが声をあげた。

ルスは鉄板のたらいに砂を入れて、それで二人は道をつくった。ルスはリストに二度も丁寧に頭を下げてマッチボックスカーを二台借りた。リストは、ライヤには黄色い郵便配達車を、ルスにはリプトンティーと書かれた緑のボックスカーを貸してくれた。ボックスカーは紅茶を運ぶ配達車になり、小人もお裾分けをもらった。

ルスとライヤは、風景ごっこのほかに鏡遊びもよくした。鏡遊びは太陽が出ているときにしか遊べない。ルスは風景の湖を使い、ライヤは名前の日にもらった四角い鏡を使った。鏡で太陽の光を捕まえて、光の点を居間の壁紙のバラや曾祖父の肖像画や台所の食器棚に走らせる。二人の鏡の太陽は、家の隅々まで照らした。埃は金色の霧のように舞い踊り、光があたる場所はどこも美しく、どこも大事で、どこも新しかった。

だれかの目にこっそり光をあてるのも楽しかった。寝室でシンガーミシンを踏んでカーテンを縫っている母親の目を眩ませたり、ベランダでうたたねしながらラジオを聴いている祖母に光をあてたりした。リストがメカノの新しいロボットを組み立てたり、『フラッシュ・ゴードン』を読んだりしているときに、光をあててリストを怒らせたこともある。ルスとライヤは鏡で鬼ごっこもした。ライヤがルスの丸い光を捕まえて、ルスがライヤの四角い光を追いかける。小さな太陽たちの追いかけっこだ。遊びが終わって、ルスが目を閉じてもなお、鏡の中の光が見えた。

サロンの春

Salongeissa on taas vilkasta

　春も終わりに近づいたある日、伯爵夫人が小さいパウリのために約束のパーティーを開いた。こんなに盛大にパーティーが開かれるのは、伯爵夫人の洗礼式以来だ。九十年ぶりくらいだろうか。伯爵夫人は料理ができないし、アイノマイヤも作れそうにないので、ルスとライヤとヤルモの母親とミルダで、お屋敷のパーティーのために菓子パンやキッシュやケーキを用意した。サロンの長いテーブルには、特大のチョコレートケーキのほかに、大小さまざまな菓子パン、ズッキーニのキッシュ、ジンジャークッキーがずらりと並び、ラズベリーサイダーやオレンジサイダーやフルーツサイダーもあった。

　お屋敷は、春の宵に包まれながら、真昼の光に照らされたかのように輝いた。サロンだけではなく、果樹園もきらきらと輝いた。蕾をつけたリンゴや洋ナシやスモモの枝に、何百という色とりどりのカンテラが吊り下げられている。青に赤に緑に黄色。カラフルなカンテラは伯爵夫人がランプ屋で注文したものだった。ランプ屋でこんなにたくさんの注文があったのは何年ぶりだろう。

小さいパウリは、パーティーに新しい友だちを連れてきた。パーティーに来る前に伯爵夫人に尋ねたら、小さいパウリの友だちならどんな人でも大歓迎ですよ、と伯爵夫人は返事をしたらしい。

（新しい友だちって、もしかしてポポロッティかしら）ルスは思った。

足が逆さまのポポロッティにルスは会いたかった。ところが、小さいパウリが連れてきたのは、ポポロッティではなく不良少女だった。夏から秋へと変わるころ、店先の階段に座り、トートバッグを置いてエスキモーアイスを食べながら通行人の邪魔をしていたあの女の子だった。不良少女は、伯爵夫人とアイノマイヤに行儀よく膝を曲げて挨拶すると、ルスと同じくらいチョコレートケーキをたっぷり食べた。

不良少女はルスと同じソファに座った。二人が三個目のケーキを食べていると、不良少女がこう言った。

「あたしさ、クリスマスにうちに帰れるんだ」

「へえ。嬉しい？」

「そりゃもちろん。都会ならやりたいことができる」

「ここではできないの？」ルスは目を丸くした。

「テューネラにいるかぎりはね」

不良少女は、テューネラの院長から許可をもらってお屋敷に遊びに来ていたので、入所しているほかの女の子から恨めしそうな目で見られたようだった。お屋敷ではケーキやおいしいものが食べられると思ったのだろう。

でも、不良少女が一人で良かったとルスは思った。全員が来てしまったら、ルスはケーキを三つも食べられなかったからだ。

「あなたの名前はなんていうのかしら？」

伯爵夫人に聞かれた不良少女は、また礼儀正しくきちんと膝を曲げて答えた。

「リトゥです」

それからは、ルスもリトゥのことを不良少女ではなく、リトゥはリトゥだと思うようになった。

「ねえ、伯爵夫人には名前はないの？」小さいパウリが聞いた。

小さいパウリの質問は失礼だとルスは思ったけれど、伯爵夫人はただ笑って、自分には下の名前が三つあると答えた。八十八年も前のことだが伯爵夫人も洗礼式を受けたのだ。伯爵夫人はアーダ・セシリア・エリザベスという名前だった。

ヤルモがトゥーリッキとマルヤ＝レーナに東洋の絨毯ででんぐり返しを披露していると、アーダ・セシリア・エリザベス伯爵夫人がにこにこしながらこう言った。

「サロンがまた活気づいたわ！」

あなたの道を行きなさい

Kulje tiesi elämään

寝る子は育つ、というのが祖母の口癖だ。毎朝、子どもたちは昨日の夜よりちょっと大きくなっている。ただ、服が入らなくなったり、ドアの柱につける鉛筆マークが上になったり、遠くに住んでいるおばさんが訪ねてきて「まあ、大きくなったわねえ!」と言わないかぎり気がつかない。

いずれ子どもは大きくなって、マリアみたいに家を出る。マリアというのは、町に出てグロッサリーストアを手伝っているトゥーリッキの姉だ。マリアはもう遊ぶことはなく、ちゃんとお金をもらいながら働いていた。

「グロッサリーってなあに?」ルスが聞いた。

「はるばるアフリカの植民地から船で持ってきた食糧雑貨のことよ」母親が答える。

「コーヒーとか紅茶とかココアとか」

父親が言うと、リストも続けた。

「レーズンとかナッツとかさ」

「干しアンズもそうだねえ」祖母が言った。

どれもおいしそうな匂いのものばかりで、マリアは幸せ者だと思った。すてきな匂いに囲まれながらグロッサリーストアのカウンターに立って、それで給料ももらえるのだ。

「ああ、早く大きくなりたい！」

ライヤが以前、ルスにそう言っていた。

クラスメートのほとんどが、大きくなったらなにになりたいのか知っている。ライヤは自分の美容院を持つことが夢だ。美容院の名前は「ライヤ美容室」で、独立記念日に大統領官邸に呼ばれたおしゃれな奥さんにおしゃれなヘアスタイルをつくってあげるのだ。大きいパウリは町の展望台公園に住んで、天文学を大学で勉強する。でも、大きいパウリは今だってなんでも知っているので、そんな必要はないとルスは思っていた。トゥーリッキはバレリーナで、カリ＝ペッカはジャンプ台から跳んで金メダルをとる。かけもちする子もたくさんいて、ヤルモはトラックの運転手と戦闘機のパイロット、マルヤ＝レーナは先生とモデル、マルヤ＝リーサは医者と子宝に恵まれたお母さんらしい。リストはロボットを製作し、小さいパウリについては、思いつかない、と皆が口を揃えて言った。

ルスは自分がなにになりたいのかわからなかった。ひょっとすると、手相に書かれてあるのかもしれない。でも、ベッラですら占うことはできないだろう。ただ、なにになりたくないのかははっきりしていた。このまま変わらないルスでありたい。毎週土曜日には、ランプ屋の屋根裏でアフリカの星をやっているルスでありたい。ルスは、大人になりたくなかった。

あと三日で終業式だ。校庭で女子がリーオラーごっこを始めた。新学期が始まった秋に遊んでいた遊びだ。

「わたしの家はリーオラー、リーオラー、リーオラー、わたしの家はリーオラー、アスケダスケダー」

通信簿が手渡されると、美しい夏が始まる。

「明日、新しい風景をつくろうか?」ルスがライヤに聞いた。

「明日はちょっと。リハビリに行くの」

「リハビリ?　どんなことするの?」

「体を動かして、おばさんが足のマッサージをしてくれるのよ」

「また歩けるようになるってこと」

「うん、たぶんね」

そう言いながらも、ライヤは不安そうな顔をした。

「来週、歩けるようになってたら、『若き王妃シシー』でも観に行かない?」

「うん、そうね」

「でも、歩けなくても行けるわ。これからシシーごっこしましょうよ。ライヤがシシーね」

「いいの?」

「だって、ライヤの車椅子は王妃の椅子みたいにすてきなんだもん。わたしは侍女でいいわ」

「椅子の手すりに銀のツリーモールを巻いてもいいわね」

「侍女の名前はイザベラね」ルスが言った。

イザベラは、ルスが知っている名前の中でもいちばんすてきな名前だった。

「イザベラ、シャンパンをグラスに注いでちょうだい。それから髪も結ってちょうだい」

「フレンチ風の三つ編みにしますか?」

イザベラが聞くと、若き王妃シシーが答えた。

「ええ、おねがい」

白帆がひとつ漂って

Käy yksin valkopurren reitti

終業式の夜、ノックする音がした。だれかが玄関をノックしている。でも、ルス以外にだれも起きてこなかった。ルスは、自分がベッドから起きあがって、玄関へ裸足のまま歩いているような気がした。玄関を開けると、不思議な異邦人がそこに立っているように見えた。この人物は両手に大きなお盆を抱え、星空のように黒く光り輝いていた。その人物を通して星が見えた。辺りは春の宵に包まれて、朝ぼらけのように白んでいる。客人を見ていたら、夜の深い闇が見え、銀河や北斗七星や昴や髪座が見えた。

夜の客人はお盆を持って中に入ってきた。よく見ると、客人は老紳士の弁護士幽霊だった。客ではなく、ルスの友だちだ。弁護士はこくんと頷いて、玄関のテーブルにお盆を置いて立ち去った。

置いていったお盆を見ると、見慣れた風景が載っていて、まるで村を一望しているようだった。川、学校、郵便局、教会、それからランプ屋がある。旅人に焼かれてしまった弁護士の古い家も、お屋敷や樫の並木道や風車もある。すべてが丸いお盆の上にあった。

お盆の上の家々の台所では夕飯の支度が始まった。辺りは暮れなずみ、ランプ屋のショーウインドウのランプがすべて灯った。村道には、つばの広い黒い帽子をかぶった老人が杖をつきながら歩いている。すべては小さかった。けれども、すべてがそこにあった。

やがて村が霧に包まれると、ルスはふうっと息を吹きかけた。すると霧がさあっと晴れた。ところが、ふたたび現れた風景はさっきまでのとは違って、高い建物が立ち並んだ町だった。家も学校も酪農場も郵便局もランプ屋もない。道は拡張されてアスファルトになり、車が猛スピードで走っている。風車はなく、バラの丘は砂地になっていた。

そこにまた霧が立ちこめた。ルスはふたたび、誕生日ケーキの蠟燭を吹き消すように息を吹きかけた。霧は薄れ、風景がまた現れる。川が氾濫し、水面は上昇し、お盆は照り輝く外海となった。小さなヨットが波に揺られ、白い帆は風を孕んでいる。水の音が聞こえ、ヨットは競っているかのように進んでいく。ヨットを吹いているのはルスなのか、それとも新しい夏の風なのか。太陽が水面を照らし、ルスの瞳を照らした。

夏休みになって最初の朝が訪れた。

引用文献

1　ミハイル・レールモントフ『白帆』神西清訳より
2　パーヴォ・カヤンデル『解放された王妃』より
3　ウィリアム・シェイクスピア『あらし』福田恆存訳より
4　ウーノ・カイラス『ピラミッドの歌』より
5　ダンテ・アリギエーリ『神曲 地獄篇』寿岳文章訳より
6　ニルス・フェリーン『愛の歌』より
7　旧約聖書 詩篇 第139篇より

未来に揺れる眼差し

　このように一冊に結ばれるひと月前に、私は夢を見ました。

　夢の中で、私は山を越えようと山道を歩いていました。私の右手に林があり、左手に山肌が聳え、私の前には一組の夫婦が歩いていました。山間は小暗く、けれども夫婦の前方には、向こうからわずかに兆す光がありました。やがて私は夫婦に追いつき、声をかけようとしました。すると、濃い霧が迫るように立ち籠めてきたのです。気づくとあたりは霧で充満し、林も山肌も夫婦も見えず、自分が今どこに立っているのかもわからなくなりました。このまま霧が晴れないと私は帰れない、と思いました。前に向かっているのに、なぜだか帰れない不安に襲われたのです。なんだか怖くなって、きっとまだ前にいるであろう夫婦に声をかけました。大丈夫ですか、と尋ねる私に、大丈夫です、と男性が返事をしました。私は霧の粒子を吸いこんで、いつしか眠りに落ちました。どれくらい経ったのかわかりませんが、鳥の歌で目が覚めました。さっきまでの霧は晴れ、光が射していました。朝日に照らされた樹間は美しく、青空が見えました。良かったですね、と言う夫婦の声が聞こえ、はい、と私は答えて顔をあげると、夫婦の姿はありませんでした。

未来とはこんなふうに訪れるものなのかもしれません。混沌とした不安の中にあっても、光は兆してくる。医師であり作家でもあるルイス・トマスは、人間とはフラジャイルな種であり、何らかの方向性をもっていたいという願いでもあると言いました。夢の中の光はそんな願いの現れであり、他者の眼差しに出会ってようやく形になろうとしているように感じました。

では、どのような願いであって、どのような眼差しなのだろう、と考えました。スレヴィが現在の顔の向こうにいくつもの昔の姿を見たように、スミレがソテツの夢を見たように、ルスが鏡の中の自分に目眩を覚えたように、眼差しの中には立ち現れてくる何かがあります。それは、私という連綿と連なる生命の形なのかもしれません。遡れば、私たちの生命は四十六億年前の地球誕生に及び、三十七億年前の原核生物に私たちの形が生まれました。やがて細菌や藍藻が光合成によって酸素を発明すると、異種との共生で真核生物へ進化し、そうやって生命の情報を伝え抜いてきました。

これを考えたとき、情報や記憶は私だけのものではなく、あずかったものだと思いました。そして、他者の眼差しに出会ったとき、それらはあずかり受けただけではなく、繋いでゆくものだと気づきました。眼差しの中には未来がある、これがきっと願いなのだと思います。私は、花の記憶も、木の記憶も、鳥の記憶も包摂している。こんなにたくさんの情報が私の中にあって、こんなに多様でありながらも私が一つであるのは、私の中に皆と同じ一つの始源の痕跡があるからでしょう。

レーナ・クルーンはこれを「私とは私たちである」と言いました。

クルーンは、絵本、児童書、小説、エッセーと幅広く活躍し、国内だけでなくアメリカ、ロシア、ヨーロッパでも高く評価されている、フィンランドを代表する作家であり哲学者です。これまでに、国内最大の文学賞であるフィンランディア賞を始め、芸術家に贈られる最高位勲章や、すぐれた文化芸術活動を称えるフィンランド賞など、数多く受賞してきました。クルーンの作品には、最先端の科学や哲学や心理学が織りこまれながらも、子どもの純粋で明晰な視点があります。今まで気づこうとしなかった無知を未知に変えてくれる眼差しです。見えること、わかること、証明できることを前提としている現代にあって、はたして見えている世界だけが本当なのか、時間や空間は時計や物差しで一様に測れるものなのか、と問いかけます。その問いは、日常の中のハレの空間として立ち上がり、多様で複数の存在となってクルーンの作品に現れています。さまざまな在り方の可能性や意味を問いながらも、私たちは共生し共有し共感する存在であると、クルーンは一貫して伝えてきました。

クルーンの本に出会い、十数年が経ちます。訳書は、本書に収められた三作品と合わせて九作品になりました。この伝えたい豊かな世界の存在が、私を支え、私を満たし、私を動かしてきました。訳すたびに私は成長し、内省し、そして感謝しました。過日、三年ぶりにクルーンと再会しました。そのときの彼女の眼差しは、かわらず慎ましく慈しみに溢れていました。その中に映る私の向こうに、開かれてゆく未来が見えました。

クルーンの異界のリアリズムを感じる絵に、本書がより大切な一冊になりました。中村幸子さん、ありがとうございました。

二〇一二年夏　美しが丘にて

末延弘子

［著者について］
レーナ・クルーン
一九四七年、ヘルシンキに生まれる。文化人家系に育ち、大学では哲学、心理学、文学、美術史を学び、芸術家教授に就く。絵本、児童書、小説、エッセーと幅広く活躍。多数の受賞作ほか、代表作『タイナロン』はアメリカで世界幻想文学大賞候補作に、『蜜蜂の館』は北欧閣僚評議会文学賞候補作に選ばれた。

［訳者について］
末延弘子（すえのぶひろこ）
一九七五年、北九州に生まれる。東海大学北欧文学科卒業、国立タンペレ大学フィンランド文学専攻修士課程修了。フィンランド文学情報センター（FILI）勤務。フィンランド政府外国人翻訳家賞受賞。レーナ・クルーン、ノポラ姉妹を始めとした現代フィンランド文学の訳書多数。著書に絵本『とりのうた』。

はじめて出逢う世界のおはなし
スフィンクスか、ロボットか

2012年8月31日　第1刷発行

著者
レーナ・クルーン

訳者
末延弘子

発行者
田邉紀美恵

発行所
東宣出版
東京都千代田区九段北1－7－8　郵便番号102－0073
電話（03）3263－0997

編集
有限会社鴨南カンパニ

印刷所
亜細亜印刷株式会社

乱丁・落丁本は、小社までご送付ください。
送料小社負担にてお取り替えいたします。

ISBN978－4－88588－077－3　C0097